落霞与孤鹜齐飞

王一涓 著

时代出版传媒股份有限公司
安徽文艺出版社

图书在版编目（ＣＩＰ）数据

落霞与孤鹜齐飞 / 王一涓著. -- 合肥 ： 安徽文艺
出版社，2025. 1. -- ISBN 978-7-5396-8178-8

Ⅰ. I267

中国国家版本馆 CIP 数据核字第 20243ZG559 号

落霞与孤鹜齐飞
LUOXIA YU GUWU QI FEI

出 版 人：姚　巍
责任编辑：胡　莉　　　　　　封面设计：李　超
···

出版发行：安徽文艺出版社　　www.awpub.com
地　　址：合肥市翡翠路 1118 号　　邮政编码：230071
营 销 部：(0551)63533889
印　　制：永清县晔盛亚胶印有限公司　　(0316)6658662
···

开本：700×1000　1/16　印张：12.75　字数：130 千字
版次：2025 年 1 月第 1 版
印次：2025 年 1 月第 1 次印刷
定价：69.50 元
···

目录

1

第一札

池　　塘

　　刚搬到和园的时候，请周勋初先生和师母到家中小坐，一是看新居，二是看校园。南京大学的仙林校区，两位先生还没来过。驱车走了一圈，算是走马观花吧，两位先生感慨良多，为学校的发展赞叹不已。回来后，师母觉得美中不足，她说，都好，但是缺一样，没有水，少了灵气。我急忙说，有的，您没看见，在图书馆旁边。师母说，那就好。

　　南大仙林校区不靠水，没有地利之便，但人工开凿了几条水渠，跟广阔的校园相比，有点不成比例，容易被忽略。最大的水体在杜厦图书馆旁，呈半包围之势，是个人工池塘。据说在设计的时候，二者是统一考虑的，池塘里的投影映衬图书馆的巍峨。池塘另一半放射出去，是文科建筑群，对于喜欢浪漫、热爱情调的文人雅士，是得天独厚了。

　　池塘也不很大，因为稀缺，因为喜欢，池塘似乎很得园林工人的偏爱，得到了更用心的打理，池塘便成了仙林校区特别漂亮的一道风景了。

池塘的水很清，可以看见水底的草，软软的，不胜酒力的贵妃似的，娇憨可人。出水很高的是密布四周的蒲苇，细长的叶子，随风摇曳，像长袖善舞的飞燕。最好玩的是，蒲苇深处，藏着不知从哪儿来的小野鸭，平时就在水面上优哉游哉，闲适得很。一般见到的，就两只。深冬季节，岸上树木枝叶凋零，水边蒲苇枯黄，池中残荷斑驳，天寒水瘦，凛冽的水面上，两个小家伙来回逡巡，旁若无人。这几天走到池塘边，见到的也还是两只，就很奇怪了，去年的水面上可是热闹得很啊！初夏的一天，我亲眼见到野鸭家族的"盛况"。那天，我刚踏上图书馆前的小桥，就见对岸葳蕤的蒲苇丛中，缓缓游出一只野鸭，俄顷，又出两只，具体而微；一小段距离后，再出一只大鸭，然后，同样跟着两只雏儿。我一时看得忘情，又惊又喜，小鸭的家族添丁进口了！而后整个夏秋两季，水面荷叶的间隙中，时常见到小可爱们的倩影，或结队逶迤，或单个嬉戏。可是今年从开春到现在，水塘里又只剩两只了，其余的哪儿去了呢？莫非到蒲苇深处孵化幼雏了？果然如此，真真是太好了！

池塘里也有莲。初始，只小小的几片，几年下来，颇有些模样了。这个季节看去，是刚刚出水的睡莲，一片一片小小的椭圆，杯口大小，紧贴水面，疏疏朗朗地铺着。几场雨过后，别名六月神的莲就正式出场了。这种莲的梗比较粗壮，可以将莲叶高高地擎出水面。莲叶刚出水时细细地卷着，两头尖尖，像女人发髻上的碧玉簪，也像古时女侠头上扎的英雄结。而后便如十八女儿，变得婀娜多姿，极有风致起来。莲花开时自然是池塘的美好时光。一直以来，咏莲的文字就多，"接天莲叶无穷碧，映日荷花别样红"，夸其色；"芰裳荇带处仙乡，风定犹闻碧玉香"，美其韵；"出淤泥而不染，濯清涟而不妖"，高其气节。至于黛玉的风露清愁，则是借题发挥了。莲的鼎盛时期过去，会留下一池枯荷。我倒不是像林妹妹那样，喜欢"留得残荷听雨声"。有一年冬，大雪初霁，枯荷上顶着残雪，瑟瑟地立于清冽的水中，恰恰是湘云口中的"寒塘度鹤影"，好有情致啊！

池塘南岸柳树下，常年弯着一只小船，船很小，李清照那只"载不动许多愁"的"舴艋舟"，也不过如此吧？小船是铁皮做成的，我老觉得美中不足：池塘里没有这只小舟，是断断不行的，少了很多味道；可如果是木船，就更好了；铁皮的，生冷了些。小船其实不是给人看给人想的，工人要用它打捞水草，清理池塘。夏季，得天地之精华，水草迅速丰茂起来。想来草太多了也不好，少一些是点缀，是清雅；多了，便芜杂了。曾见工人身穿连体皮衣，手执长长竹篙，立在船中，使人能联想到"弄潮儿向涛头立，手把红旗旗不湿"的英雄形象，但是水太小，没有潮，差了点意思。我不知工人用的什么工具，但见小船在池中，满载油油绿草，堆得大半人高，颤颤巍巍的，让人平生担心，生恐船翻人落。倒也没出过什么事，起码我没见过。

池塘岸上是树，里圈多植灌木，外围尽是乔木。灌木开花的多，姹紫嫣红，次第绽放，从初春热闹到炎夏。乔木有香樟，有银杏，还有我不知名的别的树，高而大的树冠，投下匝地的阴凉。介于中间的是桃柳，临水而居，一个灼灼，一个依依，美人梳妆一般。池塘岸边，有细砖漫成的小道，道旁错落地摆放一些条椅，时有情侣并头喁喁。有一段时间，天天有一老妇人，推一辆婴儿车——双胞胎，坐在条椅上逗弄小娃。这情形在校园里极为罕见，大约是某工人家属。后来，也就看不见了。其实这椅子的真正主人是几只猫，冬天晒太阳，夏天躲树荫，尤其是总会有好事者在此撒下猫粮，猫们衣食无忧，便占山为王了。曾见两只大腹便便的猫，慵懒地蹲卧在条椅上，依偎得很近。冬天不很强烈的阳光，温柔地照着。一时竟出现幻觉，以为是两个养尊处优的孕妇，在交流心得体会。两个小男生走过，仔细看了看它们，再往前走，又是两只，同样丰腴，男孩停下，又看了看。我忍不住说："这还是猫吗？是猪吧！"两人认同地笑了。池塘边有时也见到听外语背单词的，少。想想自己读书的时候，池边树下，迎朝晖送夕阳的，多是手持书卷的学子，现如今在大学里好像少见了。但是我又想，可能是我多虑了，旁边就是图书馆，超一流的条件，何必非得拘泥于形式！

前几天，刚下过雨，走过池塘边，晚樱开得正好，掏出手机拍了下来。忽然，池塘里响起蛙鸣，蛙虽不多，但声音很响亮。太感动了！很久很久没听到青蛙的声音了！总觉得青蛙跟泥土，跟自然，还是近啊！探头向池塘里张望，没有找到。可是，水中的草、岸边的柳、水面上的小野鸭，好喜欢啊！心里涌动着诗情画意，我这个从不写诗的人，突然就冒出诗一般的句子来：

池清草何名？蒲柳参差行。
野鹜来复去，新雨添蛙声。

算是纪念这段美好吧！

2016-4-22

也算闲情偶寄

（一）

窗外的两棵树开花了，粉粉的满树冠。当然不能算云蒸霞蔚，没有那样的规模，不成气候，两棵小树而已。也不像林黛玉眼中的桃花，"天机烧破鸳鸯锦""烘楼照壁红模糊"，没那么艳、那么秾，不是粉中透着红，而是掺水稀释了似的，清淡得多。搬来和园三四年了，以往一直以为她是樱花，今天看了报纸，仔细分辨，才知道是紫叶李。理由是她在开花的同时，小小的叶子也跟着探出头来了；且花落以后，叶子是紫色的。叶的颜色是铁证，樱是绿的。

不是樱花，我会失望吗？有一点吧。上大学的时候，有一段时间时兴玩一种游戏，具体玩法记不得了，最后的结果是，你自己送出一些礼物，而后会得到别人的一些回赠。回赠者是谁并不知道，似乎是随机的，碰到谁就是谁；自己要送给谁，也不是先有目标的。因为诸多的不确定性，游戏就显得很神秘，于是越发兴致盎然，充满期待。送出的礼物会精心准备，自然是不能俗气，还应该是有说道的。我送出去的是什么，早忘了，谁得到了，一直也不知道。得到的两件礼物还记得很清楚。一件是徐凤云的两只拴在一起的小贝壳，玲珑雅致，出自她家乡的海。另一件便是一朵干樱花，夹在书里做书签的。花是重瓣，繁复的一层叠一层。颜色微淡，褪了些红润。是盛开时摘下的，因此虽干不萎，还能传达出青春时的精神。是斗梅的高谊。当时还没见过樱花，但日本盛产樱花，是知道的。其时日本首相田中角荣已来过中国，中日恢复邦交不过几年，樱花在心头还是新鲜的。斗梅说，她的樱花是辗转从田中带来栽在中国的樱花树上采撷的。虽然后来她澄清这是个玩笑，但这玩笑让我记住了这朵在今天其实寻常不过的樱花，因为在当时，紧闭国门之外的讯息，是随着这早春的樱花气息一同到来的。

我一直记得这次活动给我带来的新鲜和兴奋。毕业以后到中学工作，毕业班里紧张的气氛压得人喘不过气来，我可怜我的即将参加高考的孩子们，圣诞节那日的语文课，我让他们把已经准备好的小礼物集中起来，随机分给大家，然后各自说说自己对得到的礼物的理解和心情等等，我也把徐凤云给我的小贝壳贡献了出去，寄意是"直挂云帆济沧海"。那节课的气氛是空前绝后地活跃。若干年后，当年的一个学生来看我，说好多事都忘记了，但那节课历历如昨，是回忆的盛宴。

是紫叶李也好。

李树并不多见，我小时候却栽过一棵。自然也不是特意要栽一棵李树，我那时没有这样的植物知识和环保意识。院子里原有一株桃树，应是有些年头了，不知是谁栽的，我们来时就有。房子和院子大约原来是某地主的私产，后来收归公有了。院子里树并不多，不知是原来就不多，还是后来被砍伐了，我看到并记忆下来的就两棵。一棵大梧桐，很大，就在我家厨房旁，我外婆经常在树下择菜、洗小鱼。印象中之所以是择菜（主要是韭菜）、洗很多很小的鱼，可能是因为这两件事特别麻烦、耗时，且大都在夏季进行，便与大梧桐一起定格在我的记忆里。一棵就是老桃树。树皮疤疤点点的，长着很多桃胶，很沧桑的样子。我常常把桃胶掰下来，觉得那样桃树干净些，当然也为了玩。桃胶与琥珀相似，一样的颜色，一样的半透明，只是黏黏的，拿在手里，拇指和食指要不停地倒腾，否则会粘在手上下不来。也用桃胶粘过蚂蚁。看着蚂蚁急匆匆忙碌碌的，偏不让它走，有时在它去的路上放一根草，或者画一条线，蚂蚁便改变方向，但仍急匆匆地赶路。再三阻止不了，就想起了桃胶，拿桃胶粘。这下蚂蚁彻底完了，除了没有被粘住的一条腿还会挣扎，却再也逃不掉跑不了了。心里有些不忍，但无法挽救，后来就放弃了这种恶作剧。桃树不高，分权很低，即使在那时，我也能上去，经常就站在树杈上，也不知有什么好玩的，竟能乐此不疲。每年桃子上市时节，总会吃很多桃子，都是外婆买来的，院子里的这一株，只长些小毛桃，吃不得的。每年春天，院子的墙角屋边会长出很多小桃树苗，大约吃下的果核被随手丢下，自己长了出来。我有一年一时兴起，把这些小树苗一棵棵都挖了起来，集中到一起，全栽在我家门前，一尺多远就栽上一棵，栽得密密麻麻的。栽过之后也就忘了，自然也因为小树苗差不多都死了。但是不经意，竟有三棵活了，后来就长到了拇指粗细。这是我第一次栽种并成活了的植物，心中颇有一些在意。有一次我妹妹在树边玩，无意中把一棵拉弯了，我第一时间就冲过去了，我妹妹吓得赶紧撒手。她大约以为要挨揍了，把担心当成了现实，大叫"掏到我的心了"，我虽然手伸出去了，但其实离她还远着呢！这件事被我们笑了多少年啊！那三株树中据说有一棵就是李树。但是没等到小树开花，我们家就搬走了。以后又辗转很多地儿。今年年假中，忽然有人提议，去小时待过的地方看看吧，于是说走就走，开着一辆车就出发了。一天跑了三四个地方，都是爸爸妈妈工作过也是承载我们成长记忆的地方。旧地重游，面目全非。唐人崔护有诗："去年今日此门中，人面桃花相映红。人面不知何处去，桃花依旧笑春风。"物是人非，留下千古惆怅。而我，连记忆中的小树也没有了，消逝得那么干净！

不期窗外竟是两株紫叶李，让我见到了儿时没有等到的李花。

但是，隔了那么长的时间哪！

2016-3-7

（二）

外子在写字台前用功，眼倦时望向窗外，见树上有两只鸟在花间游戏，喊我快看，说是"雅歌丽"来了。我说快把窗户打开，我把它拍下来。外子说那样它就吓跑了！我轻轻走到阳台上，蹑手蹑脚的，生怕惊动了小家伙，把门慢慢拉开，我以为是悄无声息，机灵的小东西还是飞了。正懊丧呢，它却没跑远，只是飞高了些，在旁边大槐树上落脚了。我喜出望外，调近了焦距，"雅歌丽"终于进了我的图画中。

"雅歌丽"当然是鸟。但是什么鸟，好长时间我们都不知道。它肯定是栖息在我们窗前的某棵树或某丛灌木中，而且是"定居"，因为打从听到它第一声歌唱，从此那歌声就没有间断过，从初春直到深秋。我想它一定是只勤奋的鸟，东方第一抹熹微出现时，它就唱歌了。和园的晨曲，第一个音符绝对是

"雅歌丽"的。都说早起的鸟儿有食吃，"雅歌丽"有福了。它一定是只诚信的鸟，像司晨的雄鸡一样，每天早上它会准时叫醒我们，从不忘记。在夏季它简直承包了"叫早"的任务。它一定是只欢乐的鸟，因为这鸟儿的歌声里，透着热情，透着喜兴，它会让你鼓舞，让你的血流加快，让你全身心充满喜悦。它还是个出色的歌唱家。没听过哪只鸟儿像它那样，可以一连串发出十来个音节，真让人惊讶。歌喉又好。梨园里说演员的嗓子好，说是"祖师爷赏饭吃"，"雅歌丽"也绝对是得天独厚了。白居易"间关莺语花底滑"的"滑"字，可以形容它歌声的华美流丽；欧阳修"百啭千声随意移"的"随意"，则道出它技艺的高超娴熟。说实在的，"雅歌丽"与鸟中擅歌者黄莺、画眉相比，一点也不逊色。我听"雅歌丽"叫时，心里觉得它简直就是个快乐淘气的小男孩，唧唧呱呱，不停地说，不停地笑，像有用不完的精力使不完的劲儿。听它叫得没完没了，我又好笑又好气，会说，你也停停歇歇，喘口气，又没人跟你抢，急什么！但心眼里实在喜欢它。暑假，长天老日的，懒散无聊时，听它叫了，就会立刻来了精神，兴致高时，还会模仿它的声音——"雅歌丽雅歌丽雅歌丽呢"，和它对着喊，也是一乐。因为这鸟儿越来越多地参与进我们的生活，我给它取了个名字叫"雅歌丽"——它的叫声如此。

秋季有一天在园中散步，外子指着一只全身浅褐、头顶一簇白色羽毛的小鸟，告诉我说，这就是"雅歌丽"。并说，可能就是白头翁。我不相信，说："瞎说！"外子说："不骗你，我看到它叫了，不止一次。"怎么可能！那一刻，我简直要崩溃了！我心目中的"雅歌丽"是个快乐的孩子，是个调皮的鬼精灵，而白头翁，是个小老头啊！那样快乐，那样争强好胜的"雅歌丽"，怎么可能是个老头儿呢？我一下子被打击得垂头丧气的。可是，没有办法，我不能因为这个孩子丑，就不喜欢它了呀！于是我在心中替它找补：设想，它穿的是一袭香色长袍，裹着一条长围巾，满头飞霜——这大约是民国时期老知识分子形象，可能是诗云子曰温文尔雅的，但太冬烘了不是？换成一身驼色笔挺西装，白色礼帽，再挎一根文明手杖——三十年代上海滩的小开吗！又失之油滑了！那么，咖啡燕尾服，同色背心，白领带白礼帽？十八九世纪欧洲贵族。身份根基是有了，但多了纨绔气！这都不是"雅歌丽"！看看还有什么可以比得上的？哦，是了，新近流行的韩国小哥，白衬衣，外套一身栗壳色行头，紧身，袖子裤管都又短又瘦，最恰当的是头毛染成了白色，跳着街舞或哼着 RAP（说唱）——对了，就这感觉！我终于有些释然，"雅歌丽"回来了！

我把"雅歌丽"和大槐树的照片放大了出来，咦，不对呀？"雅歌丽"那标志性的一撮白毛怎么没有了呢？查了百度，知道换毛之前，这鸟儿也是一头青丝。哎呀，白头翁也有年轻的时候呀！

2016-3-9

（三）

喜欢雨。

初春轻寒，小雨有一搭没一搭地飘着，不怕冷的梅花似开未开，林中小径已经湿了，花蕾枝干上也结成了圆圆的水珠，风吹过，颤颤巍巍的，盈盈欲滴。走在这样的小路上，不由得就放慢了脚步，轻轻地，不想碰碎晶莹的水珠，不想碰碎花儿玻璃般的梦。

也不打伞，任由雨点散漫地造访。可以想些心事，也可以不想，思绪也是有一搭没一搭的。就这么闲闲地走，便有些岁月静好的意思。

曾见黄永玉写过一段他和沈从文的往事。一次聊天，他对沈从文说，很想在春三月时，回一趟湘西，在凤凰老家，邀二三好友，坐在祖屋前，桃树下，小雨淅淅沥沥地下着，桃花湿润润地开着，伴着一壶清茶，赏雨中桃花。但又怕人说做作，倒不值了。沈从文当时已入老境，身体也欠佳，但仍弱弱地说，只要懂得，就值。我为那懂得大感动！从此，古城老屋和带雨的桃花这一组意象就印在我的心底。当然，树下还有一个很老和一个不太老的老头在品茗清谈。

杜甫说春雨是好雨，"随风潜入夜，润物细无声"。春雨确是不动声色。但是不知不觉间，杨柳的枝条软了，活泛了；小草发芽了，绿了；万物在春雨悄悄的耳语中，苏醒了。小学时语文课本中有一首儿歌是写雨的："滴滴答答，下雨了。种子说，下吧，下吧！我要发芽。向日葵说，下吧，下吧！我要开花。小朋友说，下吧，下吧！我要长大！滴滴答答，下雨了，下雨了！"说的就是春雨吧。

我儿子小的时候，周末我常带他去外婆家，有一段路两旁是大片农田。田畴平整如镜，清一色的或稻或麦。插秧季节最是美丽，微风细雨，水光天色，不知名的鸟儿时而高飞时而低掠，稚嫩的秧苗半在水中半在水上。湿润的空气也滋润了心情，心儿变得柔软细腻起来。我慢慢地蹬着单车，儿子靠在我的怀抱里。我给他念些应景的诗词，他咿咿呀呀地学语。雨衣披在身上，头却露在外面，头发湿了，脸和眉眼也湿了，但只有雨趣，没有淋漓之苦，便觉得这一刻美好得永恒才好。

夏季的雨很有些脾气，说来就来，不兴商量的。小时候在暴雨来临之前，就会特别兴奋。因为院子里的蜻蜓不知怎么就多起来了，飞得又低，自然很想得到几只，拴在蚊帐里，可以吃蚊子的。即便不这么功利，蜻蜓多好玩啊！用线牵着它飞，像操控直升机一样。又那么漂亮，两只大大的眼睛，薄纱般的羽翼，颜色也好看，要是捉住红的就更好了。于是蜻蜓飞，孩子追，一场混战。然后风就大起来了，虽然没有飞沙走石，但是蜻蜓被刮没了。越刮越大的风把孩子们的热情更鼓舞起来，都在风中狂奔，一边嘴里不停地喊着："风来了，雨来了，老和尚背着鼓来了！"再然后，大滴大滴的雨点就砸下来，噼里啪啦，速度越来越快，于是便在家长此起彼伏的呼唤声中，赶紧往家跑。雨已经追到家门口了，还不肯进到屋里面，堵在门口向外张望。只是雨也不肯放松，借着风势，探头探脑，不一会靠着门的地方已经湿了，只好再往后退。雨还在追，于是大人们不由分说，将门关上，把雨挡在外面了。雨不依不饶地敲门，却再也进不来了。但是关上门的房间，光线骤然暗了，无端地就觉得空气不够用了，憋闷得很。好在夏天的雨，来得疾，去得也快，一会儿天就放晴了。被雨洗过的天地万物，好清爽啊！院子低洼处留下的积水，正好供孩子们嬉戏。光着脚丫在水洼里尽情地跳，水花和笑声一起飞溅。

我儿子上小学时，有一次也这样玩水，水把胶靴里面弄湿了，为了不耽误他次日上学，我用电吹风给他吹。后来他说，这一幕给他印象很深，从此他再也不在水里跳了。唉！他比我小时候乖多了。

去年夏天，有一天下雨了，好像雨挺大，下的时间也长，但在家里没出去，就没感觉怎样。但是儿子在台湾来电话了，

17

问怎么样了。我说，好好的，什么怎么样啊？知道说的是下雨，便说，没怎么样。一会儿，我妹妹我同学都打电话来，问的都是下雨的事。次日去上班，走在校园里，开始也没觉得什么，走到池塘边，才发现情形有些不对：一池粼粼清波变得浑浊不堪，原本亭亭玉立的荷叶东倒西歪，清洁的玉盘里一半盛着泥汤，这才知道昨儿的雨下得大发了。然后到网上一看，学生发的雨中图片，大雨把校园都变成汪洋大海了。一下子就想到毛泽东写的那首《北戴河》："大雨落幽燕，白浪滔天，秦皇岛外打鱼船。一片汪洋都不见，知向谁边？"那情景堪与此相类了！再回想昨日的电话，心内满满的都是暖意：你危险的时候，困难的时候，家人惦记你，友人关心你，人生如是，夫复何求！

秋天的雨好性儿，不疾不徐，很有耐心地下着，所谓"秋霖脉脉"，也许几日都不停呢。一场秋雨一场凉，秋雨就是凭着这股韧劲，浇熄了暑气，战胜了炎热，创造一个清凉的世界。而且，金秋的干燥，也确实需要秋雨的滋润呀。至于连日不开，不见太阳，又有什么关系呢？当作日子慢慢过就行了呗。

又是绵绵的秋雨，校园的路面已经有了些积水，我拣台阶走，雨伞在头顶沙沙地响，水滴沿着伞边往下落。远远的前方是图书馆，四面八方的人往那儿聚集，都撑着伞，伞儿各种花色，争妍斗艳，是长在林中的蘑菇，是开在雨中的花。一把把花折伞在移动，进了图书馆门就不见了，然后又一批伞花涌了上来。就好像一朵朵浪花，奔腾跳跃，汇入了海洋一样，一波过去了，又上来一波。那情景，生动极了，奇妙极了。

漫长的冬季，在四季中算不得讨喜的季节，冬雨可能也一样。本就冷飕飕的，加上雨，便是阴冷了，冬雨有些助纣为虐的嫌疑。可是，冬日的雨天，真是读书的好时光。屋外冷雨敲窗，声音时而远时而近，而屋内温暖如春。因为雨天的借口，便理所当然地觉得可以不做事，只要不是要紧的事情都可以放一放。拥被坐在床上，舒适地倚着靠枕，从枕边随便堆放的杂书中，随意抽一本，很快便像老僧入定一般，远离尘世的纷扰了。而如果是清晨，该起床了，又有些惧怕外面的凉，恰在此时，听到雨打纱窗啪嗒啪嗒的声音，这是睡懒觉的多么好的理由啊！你不感激这雨来得及时？不感激这雨的善解人意？于是心安理得地睡去，黑甜黑甜的⋯⋯

真心地喜欢雨。喜欢得不要不要的！

2016-3-11

（四）

清晨，小雨如酥。漫步到图书馆前，蓦见杏花初绽，此时此地此景，活脱脱就是元人的句子，杏花春雨江南！也是醉了！

　　"沾衣欲湿杏花雨，吹面不寒杨柳风"，此时之谓也。

　　我到南京二十多年了，春雨年年经过，总在匆匆上班路上，杏花极少见到，两者出现在同一时空，是第一次！又是如此闲适的心境！忍不住特意去拍了照片，与朋友们分享！

　　三月四日上午，我在朋友圈里发了上面几条帖子和一组春雨中杏花的照片，有朋友回帖说："春意盎然。景美不如心醉！"说得有理。

　　"感时花溅泪，恨别鸟惊心"，审美和心情大有关系。

　　明白这个道理，我是在上大学的时候。大三暑假，刘敏带我登她家乡的名山——《西游记》中美猴王的极乐世界——花果山。《西游记》中几乎所有的山都是妖精洞府，是唐和尚遇到就倒霉的地方，因此也让人望而生畏、生厌。唯独花果山不然。我小时候对花果山是充满了憧憬和向往的。单就花果山的名字，就让人浮想联翩。花果烂漫，四季如春；还有水帘洞这样神奇的所在，洞内现成的石桌石凳，天然一个好居所。在这里嬉戏玩耍的又是可爱的小猴子。几乎所有美好可爱的东西都集中在这儿了，能不让人心驰神往！登山的那天当然很热，因为是三伏天。而我每到暑假中几乎都是懒懒散散的状态，没太有力气，动一动就很累。上山那天也这样。俗话说看景不如听景，现实中的花果山比起吴承恩在我心中构筑的形象又相去甚远，便觉没精打采、兴味索然。走到一块平坦地，我不愿意走了，便往地上一坐，进而索性躺了下去，闭上眼睛什么也不管了。山风徐徐，从滚烫的脸颊上抚过，一会儿，身上的汗落了，呼吸逐渐平稳了，心慢慢静了下来。懒懒地睁开眼，茂密的山林，莽莽苍苍，如伞如盖，遮天蔽日，没有了刺目的强光，只剩下清凉。环顾四周，青草连着青草，绿枝接着绿枝，弥望的，都是绿意，似乎连空气也染成绿的了：我们被巨大的绿包围了！于是一下子就爱上了花果山！后来我想，如果还是汗流浃背地在山道上奋力前行，怕是没有这样美好的印象了。

2004 年 6 月间去韩国旅游，去的时间不巧，几乎天天有雨。但既是旅游，就说不得天气了，好坏都得出去，总不能为了躲雨在屋子里待着。去釜山看海那天开始只是阴天，但到了没多久，也下起雨来。海边没什么人，我和外子两人，走到黑黑的礁石上，拣了块平整的地方坐了下来。海水在礁石间涌动，激起小小的浪花。水天一色，灰沉沉的。我们都没有说话，安静地坐着。不用去做繁忙的工作，不用去应对繁难的人际关系，远离喧嚣的人群，远离名利场，就这样静静的、静静的……所谓"偷得浮生半日闲"，且享受这难得的安逸吧！

　　2012 年暑假末，文学院搬家，从鼓楼到仙林。我带领研究生搬宿舍。连续几天都是赤日炎炎，又热又累。中午下班，我昏昏沉沉地往家走，一推门，看到东阳台上，妈妈坐在落地窗前，闲闲地看着窗外的过往行人，神态非常安逸。转眼又看到妹妹坐在北边窗下榻榻米上，静静地绣一幅十字绣，洁白的纱透迤在腿边。我瞬间就被感动了，觉得这简直是一幅无与伦比的图画，千金难买。2012 年，我亲爱的爸爸已经走了，全家人都沉浸在悲痛中，老母亲更是久久走不出来，我把她接过来换换环境。经历了亲人的离丧，懂得了没有什么是永恒的，于是学会了珍惜。还有什么比亲人平静安逸地生活，更让你安慰的呢？

　　境由心生，心乐景便美。人生哪能没有愁事？但是就像歌手孙悦《祝你平安》中唱的，"洒脱一些过得好"！在平淡中发现美吧，领取你所拥有的当下。

2016-3-13 于和园

22

柳絮柳絮满天飞

　　前几天在朋友圈里看到转发的沛县小伙用民歌的曲调演唱的视频，小伙"控诉"家乡的杨花柳絮成灾，给生活带来极大不便，甚至是危害。我相信小伙说的是真的，以我对南京法桐毛絮的体会。可我又为柳絮抱屈，唉！她曾经的那些美好啊！

　　暮春时节，风和日丽，满世界花红柳绿，莺歌燕舞，是人间最美好的四月天。自然界所有植物，花开了，又谢了，落英缤纷，杨柳也如此。但是杨柳的花，小小的，轻轻的，许是眷恋枝头的好时光，不肯轻易离开？或许远方还有梦，要奋力远航。春风是善解人意的，给小小的柳絮插上翅膀，张起风帆，携她去远方。柳絮乘着风，不停地赶路，直到风也倦了，收住了，柳絮便在远方安下自己的家。而这个时节的小孩子，已经卸下笨且厚的冬装，一身轻快，骀荡的春风不光鼓舞了柳絮，也鼓舞了他们，孩子在春风中发现了柳絮，发现了会飞会舞的花，兴奋地和这不安分的小精灵玩起游戏来。

谁家孩子没有参加过这样的游戏呢？谁小的时候没有捉过柳花呢？风吹动着的杨花柳絮，是这个季节大自然送给孩子最好的玩伴啊！飘忽不定的小精怪，无依无托地在空中浮动，轻轻的、缓缓的，她就在你的前后左右，你抓一朵，再抓一朵，忙得不亦乐乎。你屏住呼吸，轻手轻脚，倒不是怕吓着她，实在是她太轻盈了，你走路带起的风，嘴巴呼出的气，都会让她远你而去。你轻轻地跟着，伸出小手，瞅见一朵到眼前了，双手合掌，心里喜欢得很，想着柳花就在你掌心了，慢慢打开，果然真在，你便雀跃，但立刻放弃了这朵，又去追逐前面的那朵。有时你的手心打开了，却空无一物，咦！明明捉住了的，怎么没有了呢？还有时，当你小心翼翼分开双手，却见本已握在掌心的柳花，顺着风，又逸了出去。不过，也没什么遗憾的，再抓就是，漫天飞舞，多的是呢！捉一朵，放一朵，不停歇地追逐春风，追逐柳花，可以玩到满头大汗，玩到很久很久。

唐代诗人白居易有一首《杨柳枝》，诗云："谁能更学孩童戏，寻逐春风捉柳花。"捉柳花，是不分时代、不论地域的，孩子和柳花，在春天里是注定要邂逅的吧。

宋人杨万里《闲居初夏午睡起》更有趣："梅子留酸软齿牙，芭蕉分绿与窗纱。日长睡起无情思，闲看儿童捉柳花。"儿童嬉戏的喧闹，让睡眼蒙眬、百无聊赖的诗人困意全消，无聊的情思被盎然的童趣融化了。于是他闲闲地坐着，静静看着忙忙捉柳花的孩子，心底慢慢生长出快乐的情愫。诗人眼里是满院嬉戏的孩子，而我们的画面里还多了个诗人杨万里呢。

《红楼梦》中诗词歌赋很多，我最喜欢的却是咏柳絮的那几首词。说来不好意思，皆因我生性怠懒、自由散漫，所以偏爱词中小令，简捷明快，很对我的脾气。也因此对老杜就不太待见，谁让他动辄就《自京赴奉先县咏怀五百字》，更甚的还有《北征》，光那阵势就把我吓坏了。最爱湘云，当然也包括她咏柳絮的《如梦令》。"岂是绣绒残吐，卷起半帘香雾。纤手自拈来，空使鹃啼燕妒。且住，且住！莫使春光别去。"又是一幅《捉柳花图》！画面的主角换成了贵族少女。也是百无聊赖啊，偏又庭院深深，蓦见活泼泼的柳花，能不让人心花怒放！忍不住就伸出手去了，倒引得杜鹃紫燕叽叽喳喳，绕来飞去。

如此，既美丽，又好玩，又有趣的杨花柳絮，到今天，竟落到了让人厌恶被人指责的地步了！诚然，现在是看不到小孩捉柳花的情形，孩子们有作业要做，有玩具可玩，早已不识柳花为何物了。更何况，现在的柳絮也不是"汉苑零星有限，隋堤点缀无穷"，而是"一团团逐队成球"，而是满天飞雪，给人出行生活都造成灾害了。

这样说来，真要砍伐杨柳？柳絮真要从此绝迹？唉！漫天飞舞的柳絮呀！

2016-5-20

夏花灿烂

今年夏季基本上要在日本度过了，整个三伏天，入伏启程，出伏回国，40 天，一天也不会错过。天天 38 度，热得一塌糊涂。我不知道大阪是历来如此，还是今年特别考验我的，反正，我觉得日本就是个火炉了，起码大阪、京都、奈良如此。

这样的天气怎么会开花呢？除了会馆楼前这两棵夹竹桃，红艳艳地亮眼；在札幌中岛公园，有大片蓝色绣球（名曰紫阳，状类绣球），开得妖魅；东京上野公园不忍池中莲花，清新逼人；别的，似乎就没看到什么花了。这么说是把北海道富良野除外的，富良野是花的海洋花的世界，太疯狂了，怎么跟她比呢。离开北海道，花儿终归少了些。故国此时有一种花，应该开得正是好时候吧。

是紫薇。

我最早知道的紫薇，竟不是花，是一个人，是红透了中国的琼瑶电视剧《还珠格格》中的紫薇。紫薇是乾隆皇帝遗落在民间的明珠，她的生母是"大明湖畔夏雨荷"，虽然谁都没有见过夏雨荷，但是只听听夏雨荷这个名字，看看大明湖畔这个地方，想想是乾隆皇帝爱上的姑娘，还有什么话要说吗？如此，紫薇的先天优势也就一目了然了。所以，紫薇姑娘是千娇百媚、玲珑剔透、温婉可人的。这样的姑娘以"紫薇花"命名，那么不论是其人如花还是花如其人，大致都可以推想到紫薇花的情形了。我就是按着对紫薇姑娘的印象来想象紫薇花的。

有一年冬天，在校园里闲溜达，到北大楼前，看到几根棍子一样的东西杵在花木杂树中间，说是小树吧，光溜溜的，连皮都仿佛没有，更不要说叶子枝条。但又不似枯木，精神好像也还在。心说，大冬天的，不冷吗？但看到所有高的矮的树，甚至枯黄了的小草，风中都簌簌发抖，唯独它，光棍一条，无动于衷。同伴说是紫薇，俗称"痒痒树"，据说摸它枝干会发抖，触痒不禁似的。就很失望，觉得也是白白玷辱了好名好姓的了。

春天到了，万物复苏，各种花卉，铆足了劲竞相开放，迎春没走二月兰就登场了，然后桃红李白，月季蔷薇，一个个赶趟似的，当真是万紫千红莺啼燕妒的。偶尔看看紫薇，没事人一样，仍旧光溜溜地站着，不动声色。就想，果然是不要好啊。

暑假回徐州，妈妈的院子里，几棵小花树耀眼明丽，还不粗壮的树干，枝条纤细，长长地伸出去，叶子却繁茂而浓绿，大串的花朵挑在枝头上，成熟的高粱穗那么大，颤巍巍的，枝条大有不胜之态。尤其与所有别的花树不同的是，桃梨枣李，花儿一小朵一小朵，藏在绿叶间，不胜娇羞。这个细细碎碎薄薄皱纸折成似的小花却是几十上百聚集一起，集中绽放在枝头，热情奔放饶有气势，所以远一点望过去，那树冠就像一个巨大的花球。什么花开得这么热烈忘我？妈妈说，是紫薇。紫薇不是光溜溜连侧干枝条都不长的小树棍吗？这么一个华丽转身，不说想不到，也不敢信哪。

知道了这种树是紫薇，有时就留意起来，原来徐州紫薇树多得很，新修的道路，绿岛上，路两侧，都有。颜色也多，深红、浅红、淡紫、乳白，一树一树地摇曳，放眼望去，花廊一般，煞是壮观。公园、绿化广场、人家庭院，也随处点缀，笑意盈盈的。这么看着看着，心里就舒服起来。真要感谢紫薇，不然，这炎热的夏天，毒日头底下，有什么意思？

回到南京，南大校园、和园墙外路上，竟也是开满花的紫薇树，紫薇的花期这么长吗？和园里多的是海棠、蔷薇、樱、桂之属，但往往一场风雨或几天不见，便枝头零落萧索。习惯了"好花不常开"，便更觉紫薇的难能可贵，原来敢于那样彻底抛开"身外之物"，甘于那样寂寞看着别人争妍斗艳，只是为了积蓄力量，让自己绽放得更长久，更绚烂。

　　走过紫薇四季，真没见过更能拼的花了。冰心说过，成功的花儿，人们只惊羡她现实的明艳，然而当初她的芽儿，浸透了奋斗的泪泉。说的不正是紫薇吗？

2018-8-19

我的"舌尖上"

芋　头

苏北不产芋头，我认识芋头时已经上小学了。那年应该是个大灾年，受灾到什么程度我不清楚，但由于芋头，我后来想，灾情肯定不轻。有一天已经是吃过饭了，大概是外婆煮了芋头，因为从没吃过，我上学的时候，外婆给我装了几个在口袋里，当作零食。可是到了学校，被老师要去分给没回家的同学吃了。那时中午有很多同学不回家，我没想过为什么，这次我才知道，不回去是因为回去也没有饭吃，与其来回空跑，不如待在教室里，保存点体力。这件事给我印象很深，由此我知道我的同学有些人是没有饭吃饿着肚子学习的，很震惊。

芋头第一次在苏北出现（就我所知），是去救灾的，补充粮食的不足。当地人根据芋头的长相，称之为"毛芋"。与毛芋同类的作物，当地盛产的是山芋，山芋在本土的种植已经历史悠久，当得是"土著民"。芋头新来乍到，资格嫩了点，又有一身不被看好的毛，所以被当作山芋的陪衬，称为假山芋。也因此芋头成了形容词，如果某人不真诚，假模假式的，会被说成"假得跟毛芋似的"。我想起一个流行过的段子，大意是，冰箱里一排鸡蛋，排头的一个看了看末尾的一个跟自己长得不像，于是跟第二个交头接耳地说，瞧那家伙长的！都变色了，还一身毛！第二个又跟第三个嘀咕。依次嘀咕过去，都窃笑。排在最后的那个终于忍无可忍，大叫："老子是猕猴桃！"芋头当年在苏北就是猕猴桃的遭遇。

芋头在苏北后来很常见了，不知是本地已经种植，还是外地流通过去的，总之是菜市场里很多。我是喜欢吃甜食的，芋头成了我的喜爱。胃口这东西是有基因遗传的吗？我儿子周岁时放到奶奶家断奶，两周后我去看他，他已经认不出我，扶着奶奶的腿，站在院子里。我要抱他，他不肯。待说了一会儿话后，他大约想起我来，我再把手伸向他，就乖乖过来了。但拉着我就往厨房走，指着桌上的一小碗蒸芋头，让我喂他。我这才强烈地意识到，他可以离开我独自闯世界了。

来到南京以后，一次去夫子庙吃小吃，走到卖甜芋苗的小摊前。那是 20 世纪 90 年代，甜芋苗和其他特色小吃一样，在夫子庙还没有登堂入室，就是街头一个小摊点，但生意很好，需要排队等候。好在吃甜芋苗用时不多，无须等待太久。但是食客走了一批来一批，络绎不绝。但见生意人就不停地盛碗、收钱，盛碗、收钱，循环往复，无休无止。甜芋苗味道自然是好的，但那"财源滚滚"的阵势，尤其震撼了我。其时我们一个月三位数的工资，跟卖甜芋苗的没法相比。我很替这买卖人发愁，我想，他这样做，要累死的。外子问为什么，我说，这样挣钱，哪里舍得停下来？于是就成机器了，不停地盛碗、收钱，盛碗、收钱……

芋头好吃，也算好做，可是有一样不好，就是洗的时候，会把手搞得痒痒的，很难受。后来看到一种解法：把手放在火上烤。感觉这方法是坑爹！火烧痛了，自然就不痒了，不是不痒，是被痛的感觉掩盖了！我为什么去寻找出虎口奔狼窝的刺激！还有，长相一模一样的芋头，吃起来口感会很不相同，有的香糯，有的就咔嚓有声，难以下咽。可是你捉摸不准啊！是"橘生淮南则为橘，生于淮北则为枳"的原因，还是品种不同？可是买的时候你怎么知道啊？

看电视剧《宰相刘罗锅》，广西的官员进贡给朝廷荔浦芋头，刘罗锅担心把皇上的胃口养刁了，以后得年年进贡，老百姓遭殃，就用木薯替代，请乾隆享用，乾隆于是对荔浦芋头印象恶劣透了。当然后来发现上当了。我于是也记住了荔浦芋头。去蒋介石老家溪口旅游，听到叫卖荔浦芋头的，立刻就走不动了。但是没想到是那样狼坑的家伙！那么远的路啊，我还是带回了两个。回来发现其实南京也有卖的。比起做甜芋苗的芋头，我偏爱荔浦芋头，不是因为乾隆吃过，而是因为买荔浦芋头不会上当，荔浦芋头永远都是香糯的，蒸熟，去皮，蘸白糖，绝配！

莲蓬·菱角

"江南可采莲，莲叶何田田。鱼戏莲叶间。鱼戏莲叶东，鱼戏莲叶西……"

乐府民歌《江南可采莲》，一直能给人以无限的遐想：蓝莹莹的苍穹下，清凌凌的水面上，青碧碧的荷叶中，二八娇娃，划着腰盆，侧身探腰，去够一朵朵莲蓬，采摘下来，放到腰盆里。腰盆不大，可是堪配女娃，若盆里是一壮汉，便很煞风景了。盆随水波晃动，有惊意无险情，却堪能引起女娃的惊叫欣喜。姑娘们呼朋引伴，欢歌笑语便洒落在水面上，逗引得鱼儿东逃西窜，往日静谧的池塘，在夏季，难得地沸腾起来了！

这热闹的情形，属于江南。苏北水少池塘少，可采莲的地方就不多，因此也不见成群少女采莲的场景。但这不能说苏北没有莲。我小时候离家不足两百米的地方就有一处大的池塘，塘里莲蓬、菱角样样都有。池塘近边，常有女人洗衣淘菜，几块磨得溜光的石头,供女人栖足、捣衣。捣衣棒槌打平摊在石头上的衣服,会溅起高高的水花,有的落到水里,有的则溅湿女人自己的头发、衣衫。若是碰巧水珠溅到脸上眼里,女人便急忙抖搂,那摇晃脑袋的模样和淋了雨的小鸡甩头一般无二,挺有趣的。因为池塘近边常受搅扰,几乎"寸草"不生。但稍远处便有莲。盛夏时节,莲叶出水很高,像是擎起来的一把把绿伞。莲花便点缀其中。莲花的红真是好看,周敦颐形容说"濯清涟而不妖",切中肯綮。虽说莲的红接近桃花,可就不是那样的浓艳,是清水滋养的结果吗?莲花开到极致时,花心里露出了一个嫩黄小巧的圆台,这便是莲蓬了。莲蓬蜂房一样的结构里,住着一颗颗小小的莲子,随着莲子不停地生长,莲蓬便不断地膨大起来。然后,莲花的花瓣一片片脱落,莲蓬便独自撑起一片天了。

莲离岸太远了,可望而不可即,我在塘边转悠的时候,时常有望穿秋水不能近伊的遗憾。如果恰有大人在旁,这人恰好又很热心,求他折一片荷叶,便很好了。可以做一柄漂亮的遮阳伞,可以去梗后戴在头上做遮阳帽,还可以在荷叶中间挖一个圆,套在脖子上,这是戏曲舞台上青衣花旦的装饰——坎肩,臭美得不行。有一年特别好,我的在南京师范学院读书的小叔叔,暑假来探望兄嫂。有一天他举着大把的莲蓬、鸡头(芡实的俗称)湿淋淋地从外面回来,那次于我简直像节日一样。

新鲜的莲子鲜甜清香，可空口吃，等同于水果或是零食。晒干了的莲子，则有药用价值，而且是很好的干果，被列为营养品。干莲子经常的吃法是煮粥做羹。所谓银耳莲子羹，很有名气，但吃着也不过尔尔。不好吃的时候，就会想起《红楼梦》里林黛玉吃的银耳燕窝粥，宝钗把它说得多么好、多么好，想来是好吃的了。虽说燕窝比莲子名贵，可味道还不及莲子呢，怎么就好吃了呢？是因为她们有银铫子？有红泥小火炉？有紫鹃丫头？那就甭比了，我都没有。可又一想，即便如此，黛玉也没说它好吃啊，药膳而已，治病罢了。这样一想，心里又平衡了。

"羞答答的玫瑰静悄悄地开。"我想把这句赞扬玫瑰的诗句送给菱角。

菱天生是陪着莲的，从出生到慢慢变老。池塘里的主角永远是莲，无论是叶、花，还是莲蓬，都高扬着，几乎捕获了人们所有的注意力。菱则一直是背景，是陪衬。三四月里，菱小小的菱形的叶子浮出水面，油油地绿着，但只在水面而已，安安静静的，很本分。五六月里开花了，这本是生命中最绚烂华彩的乐章，菱仍旧那样内敛不张扬，悄悄地开着小小的白花，而且只在深夜里，一俟天明，便羞涩地合拢起来。菱不是自惭形秽，是不愿抢了莲的风头。你看《红楼梦》中香菱和金桂的对话便知。金桂因忌妒宝钗，愣说宝钗给香菱起的名字不通，"菱角花谁闻见香来着？若说菱角香了，正经那些香花放在那里？可是不通至极"！香菱辩解说道："不独菱角花，就连荷叶莲蓬，都是有一股清香的。但他那原不是花香可比，若静日静夜或清早半夜细领略了去，那一股香比是花儿都好闻呢。就连菱角、鸡头、苇叶、芦根得了风露，那一股清香，就令人心神爽快的。"菱的内心，乐观而自信，只是不愿张扬而已。但努力却是毫不含糊的，只是也以菱的方式。所谓"七零八落"，其实是说菱的生长，七月菱已结实，八月成熟。菱的所有果实都垂生于密叶下水中，须得把菱全株拿起倒翻，方才可见。所以菱又被称作"水中落花生"。

中秋以后，长街上可见卖老菱的了。煮熟后的菱角呈紫褐色，生长在叶子上的却是生命的绿色。常见卖的菱角多是三角、四角，两角的少见。其实两角的才是正宗，三角、四角的不叫"菱"，而称"芰"。只是两角菱小，两只角又特别尖利，吃的时候要斩去两角，比较麻烦。可是这不很招人待见的两角菱，给我的童年带来很多乐趣，而且还留下了惊悚的印象。

就是我家南面那个大池塘里，不光有莲，也有菱。莲蓬不好办，我指的是采摘，菱角却易得。不知是谁想出的办法，好像我们那儿的小孩都会这一招。就是用一根绳子，拴小半块砖头，用力向水中一抛，断砖便挂住菱秧，然后往回拉，牵牵绊绊的菱秧被拖到岸上，翻开叶子，可以找到很多小菱角。带着新鲜水汽的嫩菱角，最是鲜甜可口，又吃又玩，其乐无穷啊。我和我姐姐常加入这个欢乐的队伍中。我们俩的分工，是她负责捞菱秧，我摘菱角。这种分工合作，一直进行得很好。可有一次出了点状况，差点丢了小命，是我姐姐的。

那次本来进行得好好的，可能是近处菱角已被捞光，我姐想把砖扔得远一些，人小力薄，把控不好，她连绳子也扔出去了。砖丢了不要紧，绳子不能丢。绳子是从单位食堂拿的，是一根簇新的井绳，丢了人家就没法打水，这事一定会被家里大人知道。我们那时特别怕爸爸，他是绝对不许我们在外惹事的，出了事情，不分青红皂白，先处罚我们。其实细数数，从小到大，几乎没有挨过打，可不知为什么，就是时时刻刻担心。绳子丢了，我姐可能马上就想到后果，而且是夸大了的后果，所以毫不犹豫就下水去捞。池塘在枯水季节水比较少时，为了也能得到清冽的水，人们在塘中近岸处深挖一个坑蓄水，这个坑俗称"土井"，自然比别处要深，但是夏天水多了，从水面上是看不出来的。我姐没走两步，就掉入土井中了，顿时就是"灭顶"之灾。岸上孩子虽多，也有比较大的，可是只会喊，不会救人。池塘对面是一片长满青草的缓坡，其时正有一个孩子躺在草地上看书，这孩子是我们邻家的，六年级了，比同龄人长得牛高马大，平日很高冷，尤其不屑做我们这种小屁孩的勾当。当我们热热闹闹地摘菱角时，他只作壁上观。但听到喊声后便大步流星跑过来，连球鞋都没脱就下水了，然后像老鹰捉小鸡一样，把我姐姐提上来了。这样惊险的事，谁回家也没说。家长知道这事儿，早已是多年之后了。

端午粽子

一直就把端午节等同于粽子节。端午没有粽子，恐怕是不对的。

小时候家里人多，包粽子似乎是比较隆重的事。提前几天，就有人出去采粽叶了。粽叶是碧青的芦苇叶，采回来后要清洗，芦苇上有一种小小白色的虫子，附在芦叶上，密密麻麻的，不动声色，须得仔细刷洗干净，然后浸在清水中，待用。糯米也要事先浸泡，同时用作材料的花生米、红豆、红枣之类，似乎也需浸泡。包粽子时，分别盛着芦叶和糯米的盆子放在中间，一圈围着包粽子的人。裹好的粽子一个一个放到一只硕大的钢精锅中，然后加上水，放到炉子上煮。以前都用煤球炉子，火慢，粽子也不易熟，我外婆都是在端午的前一天组织大家做这些事，煮粽子则已经到了晚上，而想在当晚就吃到粽子，也是万万不成的，须得睡一觉，次日醒来，热腾腾的粽子就上桌了。与粽子同时端上来的，还有鸡蛋。鸡蛋是放在粽子锅里一同煮熟的，濡染了芦苇的青色，更吸入芦苇的清香。端午节，鸡蛋和粽子结伴一起成为这个节日的标志。

　　我上中学的时候是 20 世纪 70 年代，"文革"已经有几年了。那年我爸从学习班里出来，我妈也从五七干校出来，二人双双被发配，家跟着他们搬走了。我和弟弟正上中学，不想中断学习，我们两人留下没走，就碰上端午节了。正是麦收时节，按惯例停课支农，帮助生产队收麦子。中午回来时遇到一片苇塘，青冥连碧，不知是谁记起要到端午节了，想帮助家里做好事，提出采粽叶。一干人立即像鸟投林鱼入水一样没进芦苇深处。我一时有些寂寞，不知自己该干什么。家里大人都不在，我也不会包粽子，我采粽叶做什么？可是到端午节了呀！还有弟弟在家。更何况，我也不想表现得另类。于是应付谁似的，采了一把粽叶。以前家里包粽子时，也在旁边取一些粽叶裹着玩儿。把叶子折成一个三角，向相反方向再折，然后不断重复，直到一片粽叶折完，最后用尖细的叶梢穿过表面一层，一只三角粽子就成了。但是里面没有内容，玩玩而已。我用这种方法包了一些"玩具"粽子，和弟弟过家家一样，过了一个端午节。

　　不知从什么时候开始，我姐姐妹妹她们都学会了包粽子，包得有模有样，还会别出心裁，包一些花式的。可我不知哪个环节错过了，始终没有机会学习实践。一直到成家之后，还是不会。但是没有问题，我们家会的人多，不会的少，所以照顾人的就比被照顾的多，我就是属于那少数。每到粽子飘香时，我可以吃到很多家的粽子。有一年我心血来潮，自己动手，想给儿子包些粽子，积极性太高，包了很多，也像我外婆当年那样，放到炉子上煮，同样也放入一些鸡蛋。次日清晨，我到厨房，扑鼻的清香弥散满屋，揭开锅盖，粽子真熟了，但是不太有粽子的模样，米和粽叶分离了，鸡蛋在"米饭"中糊里糊涂的，又黏又烫，既不好下手，也不好下口！自作自受，我一人吃了很久。

端午除了粽子鸡蛋，似乎没有什么了。像插艾、涂雄黄、绣荷包、扣丝绒，似乎都没做过，听妈妈说她小时候有，感觉不知有多遥远，女娲、伏羲时的事儿一样。我们赶上了一个没有传统的时代。我儿子小时候，有一年我妈妈带他回老家，在我舅舅家过的端午。回来时，穿着一身簇新的衣服，手腕上还系着已经洗褪了色的五彩丝线，这让我感觉他把老家的端午也带回来了。

当然早就知道端午是纪念屈原的，我们每年是替屈大夫吃了粽子，或者说是托他老人家的福，每年都有粽子吃。中国的节日，基本上都与吃有关，什么节日吃什么，自有一定之规，不能乱吃的。但几乎所有的节日，都是为了庆祝什么，而被庆祝的这个便是吃的理由。但没有一个节日像端午这样，纪念、怀念、悼念一个人，却吃得如此理直气壮，喜气洋洋。近日看到邵燕祥 1983 年 6 月 15 日写的一首诗《端阳》，诗曰："要吃粽子就吃粽子，要赛龙船就赛龙船，干吗要挖空心思，硬说是纪念屈原？"看了不觉莞尔，也是和我一样，吃得不好意思了？或者说，吃就吃了，还找什么理由！开个玩笑啦！邵燕祥也是借题发挥而已。

以前的端午节和中秋节一样，都在学期中间，那时不兴放假，忙忙碌碌一天就过去了，很充实。在忙忙碌碌中再挤出时间做一件不大不小的事儿，就更显得忙碌了。先得惦记着，然后做准备，糯米啊、红枣啊、花生啊、小豆啊，诸如此类，当然少不了买两把粽叶——粽叶只能靠买了，想像少年时找一片乌青碧绿的苇塘，一是没时间，再就是也没有闲情了——就在琐琐屑屑的准备中，在忙忙碌碌的操持中，节日的气氛一点一点走向高潮了。当然很多时候不是自己包粽子，我们家毕竟包粽子高手多啊！这个送一袋，那个捎一包，节日没到呢，心已被亲情暖得发烫了。

现在的粽子，其实不用自己包了，也不需要别人送，超市里多的是，想吃，一年到头都有，冰箱里头一直都放着呢。现在的端午节也不忙，三天假呢，专门用来过节，做什么来不及啊！偏偏又不需要做了！可是专门过的这个节，怎么就那么不像个节了呢？

中秋月饼

有一段时间，院子靠大门处的一间房子里，住着一位老人，好像没儿没女，从没见过他家有孩子出入。老头儿眼睛大约接近失明，我现在想想，他可能是白内障。有时可以看到老头儿在门前晒太阳或者乘凉，自然是依季节而定。但大多数的时候见不着他。见不到时也感觉不到少了什么。对他之所以有印象，其实跟一个中秋节有关。那次，外婆让我帮这个老爷爷买月饼。我是第一次接受这样的任务，当然这也没什么，商店离家很近。我奇怪的是，他只买一块月饼。常见买来的月饼，应该是这样的，一张正方形的纸，不是很白的那种，正中摆放四块月饼，两层，共八块，包成一包，纸交接处，用一块小一些的红纸盖住，用纸经扎成十字，这应该是一个单位，怎么可以只买一块呢？我担心人家不卖，但外婆还是让我去。我有些硬着头皮，不过也买回来了。当时对一块月饼可以买，很不理解，我记住了那个老爷爷。

月饼是中秋节不可或缺的应景食品，以往的月饼品种，远没有现在这样丰富。印象比较深的，以五仁、豆沙的居多。喜欢嚼馅里的冰糖，咯吱咯吱的，很甜。对青红丝就不太有好感，觉得是多此一举。从小到大，吃的都是苏式月饼，我喜欢月饼

42

外面的皮，酥、香。月饼从纸包里拿出，会散落很多饼屑，我小时候会直接把头埋在纸上舔这些饼屑，沾得满脸满嘴都是，并不在乎形象。第一次吃广式月饼，我已经上大学了。中秋前夕，同宿舍的赵桔，她妈妈黄宗英从上海给她寄来月饼，便是广式的。人多饼少，当时是用刀切开分食的。也就是广式月饼了，如果是苏式的，都没法切。

20 世纪 80 年代以前，月饼的价格好像是恒定的，当然也与当时品种单一有关。调价、涨价都是以后的事。像现在，天价月饼也不足为奇。可一开始涨价时，人们还真不习惯。我那时刚工作，在一个镇上中学，每次周末回家都会承担帮人采购的任务。一次也是快到中秋节了，一个青年教师刚谈了女朋友，中秋节需要拜访岳家，委托我给他带些好月饼。想到他第一次到岳家亮相，自是马虎不得，寒碜不得。于是很用心地给他选了月饼，都拣最贵的买。那次是月饼品种刚刚丰富起来，价格也才刚涨上去，我交月饼时，听到所用人民币数目，该老师脸都绿了——他大半个月的工资都贡献给月饼了。我那时是那样的不懂人情世故。

我一直是不很心仪广式月饼的，直到 20 世纪 90 年代末。我参加学校组织的一个考察团，到香港各高校参观学习，回程经深圳略作停留。深圳有校友招待用餐。深圳发展是走在全国前列的，当时已经很繁荣了，在南京没见过没听过的，在这里算是开了眼。其中之一是吃饭时有陪吃小姐。我们一行五人，东道主一人，加上两位小姐，座位很宽松。用餐开始后，两位小姐不停地给客人布菜、倒饮料，很热情周到。可是慢慢地我觉得不对劲了，就是尽管都是客人，同行的四位男士都被小姐们热情包围，独独不包括我。开始我没在意，我对吃什么菜，很无所谓，可是点心中有我喜欢的一盘月饼，是酒店自己做的很小巧的广式月饼。我向来对甜点比大菜有兴趣，就想着揣一块过来。让人沮丧的是，月饼转到我面前，我刚一举箸，盘子就被转走了。好不容易等过来了，又被小姐转走了，如是者再三，到最后也没吃成。东道主后来送了我们每人一盒，弥补了我的遗憾。月饼很好吃，替广式月饼正了名。与月饼留给我美好印象相反的是陪吃小姐，倒是一律深刻难忘。

月饼是美味的，但喜好也因人不同。我们家对月饼的态度分成截然相反的两派，大约一派随爸爸，一派随妈妈。我一次跟妹妹在千岛湖旅游，回来途经苏州，因是中秋将近，我提议买些月饼，想苏式月饼，自然苏州最正宗。不料我妹妹惊讶地问："买它做什么？"那神情，似乎月饼是多么不堪的东西。在热爱月饼的人面前露出这副表情，实在是太可恶了！我想起我们系一次旅游，记不清是去安徽的哪座山，总之是爬山，因为太累，远路轻装，把带去的月饼扔掉了。晚上住宿时说到这事，薛遴惋惜得不得了。想来薛老师也是月饼爱好者。

　　什么节日吃什么东西，能够一一对应得很周全的，可能在全世界，也只有我们大中华了。诸如端午的粽子腊八的粥，冬至的饺子祭灶的饼，年夜饭是美食大全，元宵节索性以元宵命名。到了哪个节日，就想起哪样食物；想到那样食物，也会想起那个节日。这些传统节日，都深深烙上了中华文化的印记，而这些节日本身，也已经融汇在中华传统文化里密不可分了。我一个老同学，到德国女儿家探亲，适逢中秋佳节，到处买不到月饼，急中生智，在自己家中蒸了一个大大的月饼，晒到朋友圈中。"独在异乡为异客，每逢佳节倍思亲"，一块小小的月饼承载了家国情怀呢！于是就想，吃月饼真幸福，享受了美味的同时，捎带把国也爱了！

烙　馍

　　"文革"中间，我们院新搬来一家人，家中有四个孩子，老大老二也是女孩，和我年龄相仿。那个年代，父母先是忙工作，后来参加"运动"，此时孩子停课在家，所以家家基本上都是小鬼当家，她们家的家务便是由她们两个承包。小姐妹俩有一手绝活——烙馍馍。我家当时住的那个地方不吃烙馍，也没人会做。我看到做烙馍，是从她们开始的。每次烙馍，阵势还挺大，一般都在院子里，搬一张矮小方桌出来，是擀烙馍用的，旁边用三块碎砖支起一张鏊子，鏊子比较小，不像当地人烙煎饼的那种。然后两人一个擀一个翻，配合得很默契。我觉得挺有意思，经常看。

上大学是在徐州，学校一路之隔的三民街路口，有一个固定摊点，是卖烙馍的。烙馍是徐州人的真爱，几乎每天都吃，做烙馍便是徐州主妇们的寻常技艺。但能作为一门手艺并以此为生，那就不是一般的水平了，"进乎技矣"。我每次走到这个摊点跟前，便停住脚，往往看很久舍不得走开。我的注意力一般都集中在擀烙馍人的手上。只见她从事先和好的大块面团上切下一块适中的面，揉成团，再搓成条，然后揪成剂子，不用特别在意，揪出来的剂子就大小一致。然后一个一个揉搓成球、压扁，这是擀烙馍之前的准备工作。再然后就是擀烙馍了。真正好看的是这个环节。女人拿过一个面饼，抓一把面粉按上，用一根特制的小擀面轴，双手持两端，在面饼上压擀，随着擀面轴转动，面饼旋转并逐渐变大。（使面饼旋转的技巧，是一手用力，一手辅助，双手力量的分配，需在实践中自己摸索）而后把面片裹在擀面轴上，擀一下，放开，换一边，再擀，再放，三两个回合，一张直径 30 厘米大小薄如蝉翼的烙馍便成了。女人手法很娴熟，做起来不光收放自如节奏流畅，还很有韵律。她把面片裹在轴上用双手推出，退回来时放开，左手接面，右手提杖，再卷面时，右手放杖会用一些力，落在面案上便嗒然有声。而每次把面片从轴子上退下的时候，都有一个甩面的动作，手起手落之间，面片便如素练般翻飞、水袖样舞动，配以当当作响的敲击声，真是视觉听觉的享受呢！

我真正自己操练做烙馍，是嫁人之后。公公是只吃面食的，嘴巴又刁，要经常换花样，小姑子便掌握不少"白案"的技能，其中也包括做烙馍。暑假我回去，见到做烙馍的一切工具很齐全，便有些心痒，终于忍不住自己动手了。我上手的时间并不长，很快就做得很像样了。我想这得益于我长时间的见习。但是，无论怎么见习，很多窍门，还是靠实践才能获得。比如，做烙馍和面就很有讲究。和面不能用冷水，冷水和出的面擀不动，须得用热水烫面，当然也不能是开水，那样面就烫死了。面也不能硬。烙馍与其说是擀出来的，其实更多是"甩"出来的，在于从轴上放开的一刹那。当然是巧劲儿，劲儿小了擀不开，劲儿大了，甩出去了呢！因为是烫面，偏黏，要"舍得"用干面粉，否则面粘在轴子上下不来。我说的这些，都是"独门秘籍"哦，起码是我亲自操练时悟出来的心得体会。

烙馍一般不单独食用，虽筋道，但吃起来费力，所以配菜方好。刚烙出来的新馍，放在鏊子上，涂一层油（荤素皆可，荤油更佳），撒上葱花和作料，打两只鸡蛋，均匀摊抹其上，然后再覆一张（此时火要小），随即翻过来，略一煎熘，左右内折（约掌握在饼的三分之一处），再对折，此即为"菜盒子"。

是徐州人素常吃法。此时，新烙馍的香味和葱油、鸡蛋的鲜香，弥漫在空气中，诱人味蕾。趁热食用，绵脆适中，回味无穷。这种做法已推广到小吃摊上，因做法方便快捷，演绎为中国式快餐了。此外，徐州人喜欢用烙馍卷馓子，以馓子的香酥脆，配烙馍的绵软筋道和特有的焦香微甜，亦佳。烙馍以前是寻常百姓家的寻常饭食，用于佐餐的小菜也很寻常，几乎所有菜蔬都可以，诸如豆芽粉丝、香椿鸡蛋、韭菜鸡蛋、辣椒鸡蛋、蒜苗鸡蛋、西红柿鸡蛋（怎么都离不开鸡蛋？是我知道的少，还是会做的不多？）等等。随着餐饮的复古，以往不登大雅之堂的烙馍，现在已经堂而皇之地走上宴席了。酒店里的烙馍出场，一般陪同的是京酱肉丝、烤鸭，也有迎合老胃口的，把烙馍做成"菜盒子"，卷好切段，以点心的形式亮相。历史悠久的烙馍，不光风韵犹存，而且风头还越来越盛呢！

困惑我的食物

有几样吃的东西，不经意间困惑我多年。有的糊涂就糊涂了，有的真给我带来过为难。这几样食物分别是猪肝、莲藕和两种蔬菜。

我想可能是我外婆习惯性地喜欢买卤熟了的猪肝，或者她不喜欢打理生猪肝，总之，我小时候对猪肝的印象，就是表皮绛紫、切面米灰、有孔边缘呈涡线形状、口感发面的东西，吃的时候需浇上酱油一类的作料。我这人很讨厌，所有动物的内脏和动物几乎所有内脏，都不吃。只有一样例外，就是那个"几乎"里不包括的东西——猪肝。其实还需要进一步界定，我只吃卤猪肝。一个人的胃口，是小时候培养出来的，很难改。可是我不能接受猪肝的别样吃法，就是我自己的问题了。我对动物内脏那样颤颤悠悠抖抖霍霍的形状天生恐惧，如果一开始我看见猪肝就是原生态的，肯定这"几乎"以外的唯一，我也不能接受了。

中学时有一次学农，住到农家，偶见一小孩，手里拿着一块猪肝样的食物啃。那是冬天，风冷飕飕的，小孩也瑟瑟地缩着脖子，小鼻头冻得通红，还有两条清亮亮的鼻涕。说实话，形象并不美好，可是我觉得他很幸福，理由就是他手里那块疑似猪肝。我心里想，农民哪里就穷了？猪肝当零食吃，我觉得挺奢侈的。我们平时吃猪肝，就是一盘菜放在中间大家吃，从来没吃得像他那样豪放。后来知道孩子吃的不是猪肝，而是山芋面窝头。山芋面蒸熟了的颜色发黑，切面极像切猪肝。

上大学时一个寒假，回家在菜篮子里发现一块绛紫色软塌塌的东西，我问，是什么？妹妹说，连猪肝都不认识！我说，猪肝怎么会是这样？不该是硬的吗？妹妹是学医的，随口说，你说的那猪肝是肝硬化。吓我一跳。可是转念一想，是我糊涂，哪有天生的熟猪肝？而且，如果这样硬的肝放在肚子里，猪老二可能天天硌得慌呢。

莲藕给我的印象也是混乱的。我三四岁的时候，住过一个地方，产得好藕，当地人习惯煮熟了卖。我那时别的事情没记住，但有一个画面常驻我脑子里，就是我和姐姐在院子门口玩，外婆买菜回来，从篮子里拿出紫红色的热乎乎的藕段，分给我和姐姐。那是个黑色的双扇木门，并不大，但门槛很高。我后来说给妈妈印证，妈妈证实那时住处是这样的院门。后来换到别的地方，很久也没见过紫色的面藕，倒是白莲藕很多，煲汤、凉拌、烹炒皆宜。我便以为藕有两种，一是红色，一为白色；红者面，白者脆。这误会一直到我到了南京见到桂花甜藕，方才解除。所谓红色者，也是煮熟了的缘故。瞧我笨的！

猪肝也好，莲藕也罢，都只是惹点困惑而已，并无妨碍。芹菜和芫荽真把我害苦了。小时候其实经常接受的任务，就是掐芹菜叶子，尤其是星期天，一大把芹菜交过来，一片叶子一片叶子掐掉，需要好长时间呢。最后剩下光秃秃一把茎，倒也清爽。我小学里食堂师傅准备食材喜欢在院子里进行，我没事就凑到旁边看。有一次他打鸡蛋，一盆鸡蛋，敲碎壳将蛋液放到另一只盆里。我听大姐说过，学会打鸡蛋，就会做饭了。我一时心血来潮，想趁机实习一下顺便学会烧饭，就要求帮着打鸡蛋。师傅欣然答应。我两手沾满蛋液，不知算不算是会打鸡蛋了，做饭却是一点感觉也没有。一次他打理芹菜，菜很多，比我周末接受的任务多多了。他不是像我那样一片叶子一片叶子摘，而是一次拿起一把，用一双筷子抽打，芹菜叶子便纷纷落下。尽管不是很干净，而且还有芹菜的茎断下来，但速度快多了。

芹菜叶子是摘掉不用的，根也需斩掉。但芫荽不是，芫荽恰恰是留叶留根。可是这两个冤家长得太像了，相当长一段时间，我买菜对这两样是不敢问津的，即便买回来了，也很为难，不知究竟该去叶去根，还是留叶留根；是留根去叶，还是去根留叶。特别纠结。尤其两种菜用途也不相同，一是食用，一是用作配料调味，但它们各自司职我不清楚啊。现在这些当然都是过去式了，所谓"此情可待成追忆"了，可是当时很惘然啊！

2016-11-29

由日本料理想到"油端子"想到葫芦

日本的料理是视觉的盛宴，负责形而上，实际的意思差了点。感觉在烹饪上除了油炸、水煮，其他手法跟它们无关。在汉语词典里，关于火与食物的关系，那词语多了去了，还谁都不能代替谁。煎、炒、煸、炸、烹、煮、煨、炖……花样繁多，日本人都省略不用。在日本吃饭，一片菜叶，裹上面粉，油锅里走一遭，一道菜出来了，连我这样做饭最偷懒的人，也看不过眼了。

介绍一种与炸菜叶相似的小吃："油端子"

南京街头以前多有制作油端子的。一只小火炉，一口小铁锅，锅里放油，油一般保持六七成热。我以往以为七八成热的油都属于低温，不足以炒菜烹炸，其实错了，油没有烧到十成热的，那样早就着火了。制作油端子的材料，是蔬菜和面粉。南京人做萝卜丝的比较多，那蔬菜就以萝卜丝为例。萝卜擦成丝，看我这个动词：擦。不说切，切的丝粗、硬，不符合要求。"擦"是用一种特制工具加工的动作。日本有卖这样的工具，质量还不错，看来他们应该也掌握这项技术啊，但是没见过使用，请允许保留我的孤陋寡闻。萝卜丝与面粉搅拌成糊状，加上调料。成品味道如何，取决于调料，因而调料的制作最考验经验。关于调料的制作，我不能说，不是私家秘籍牵涉保密或专利之类，是我压根就不知道。萝卜丝的制作借助于一种工具——端子，"油端子"之名也由此而来。端子是带有长长把子、由铁丝编成直径七八厘米的圆网，"把"与"网"成90度直角，这样便于提捞。调制好的面糊盛到端子里，放进油锅，炸至金黄，提起出锅，一个油端子便制作完成。冬季天寒，冷风里买两个油端子，用纸托着，热乎乎地吃下，于充饥解馋，不无小补。

油端子作为一种街头小吃，我想是由家常的一种吃食改良而来。这种食物我们老家叫"拖面"。

夏季里万物生长蓬勃，瓜果菜蔬丰饶，吃法如果单一，就辜负了上苍的美意了。所以以消耗新鲜瓜菜为目的的各种吃法应运而生，拖面是其中一种。

清晨，从挂满露水的葫芦架上，摘下一只青嫩的葫芦——

这要求比较高，我主要想突出田园气息，让材料新鲜到极致，如果不行，就到菜场买呗，菜场终归是有的——葫芦是浅浅的绿淡淡的白，表面一层细细的绒毛，此时的葫芦是嫩得可以掐出水来的。将葫芦去皮，擦成丝，撒盐，稍稍揉搓，此时有大量汁液渗出，注意千万不要将汁液倒掉，要的就是这个味道。比如《红楼梦》中著名的"茄鲞"，千万般辛苦后也只是为了借那点茄子味。倒入面粉，就以葫芦汁液做调和剂，调成糊状，加入鸡蛋、葱姜末、各种调味品，搅拌均匀。以下程序与制作油端子差不多，但不是一个一个加工，也无须端子这样的工具，更不需要太多的油，因为不是炸，而是煎。直接用调羹挖出面糊放入油锅，用铲子压扁，待稍微硬朗后翻身。可以成批地投放，煎熟后出锅装盘即可。然后，早餐桌上有这么一盘油汪汪黄亮亮的煎饼，会令你胃口大开的。

由一片炸菜叶，我啰唆这么半天，也是没出息。可是外婆当年在灶台前就是这么忙碌的。我成家以后，也做着外婆这样的事。读大学时，是各种出版物冒出来的盛季，各类食谱铺天盖地，偶尔看看，被"若干、少许、适量"的词语愚弄得不知所措，就跟外婆开玩笑。我说："我们俩合作出书吧。你负责说，我负责记，不过就是'若干、少许'，哪个不会！"外婆往生三十多年了，她做的拖面我还记得。

链接：由葫芦煎饼想到葫芦本尊

葫芦这东西也奇怪，嫩的时候指甲掐掐就出水，还可以吃；老了以后却坚硬无比，除非砸烂，否则是打不开的，要不怎么形容那些不爱说话的人叫"闷葫芦"呢。以往葫芦的用途可多了，在没有塑料制品之前，很多器皿是由葫芦担当的。比如舀水的水瓢，挖面的面瓢。制作这样的葫芦瓢，要选择长得周正的葫芦，留着不摘，让它尽情老去，在藤蔓上慢慢风干。风干了的葫芦特别轻，等里面的瓤已经萎缩到几乎可以忽略不计了，用锯子锯成两半，将里面残余的内容除去，不平的地方打磨光滑，一只葫芦瓢就诞生了。以前居家过日子，谁家能少得了葫芦瓢？有的葫芦瓢用久了坏了，用针线缝一缝再用，也是有的。或者整只葫芦不锯开，只在顶端开个小口，设法把里面整理干净（也可能不需要整理，因为入口太小，大约把葫芦籽倒出即可），这样的葫芦可以盛酒，叫作"酒葫芦"。林冲被发配看管草料场，风雪漫天时出去沽酒，枪尖上不是挑着个酒葫芦吗？用葫芦储物，古已有之。有一句俗语，"葫芦里装的什么药"，比喻摸不清底里，可见葫芦是经常用来装药的，此之谓"药葫芦"，仙家也常用的，太上老君炼成的仙丹，就以葫芦为容器。风干了的葫芦很轻，在水上讨生活的船家，往往把它作为救生圈，给孩子系在腰上，然后用一条绳子拴在船边，把孩子放在水里，这样就不会沉水了，怎么玩都可以，大人尽管放心去做自己的事情。如果有人是"旱鸭子"，或是河宽水大，此时需要渡水而无工具，几只大葫芦扎在一起，也可以助人一臂之力的。葫芦天生是可以漂浮的，所谓"按下葫芦起了瓢"，不是瞎说的。如今葫芦作为器皿早已退出历史舞台，我想是由于塑料的产生，现在还有塑料不能做的东西吗？但是有污染啊，能有葫芦环保吗？

葫芦还是个吉祥物，因其谐音"福禄"，因此入画、做玩物、当作礼品送人，都有吉祥之意。当然对这样的葫芦的"长相"是有要求的，一般选择中间凹进去的凹腰葫芦。种植这款葫芦纯为观赏，是作为艺术品培养的。曾经在一个同事家看过，真是一架好风景。

2018-7-24

"鬼子"进村

我们这一代人对鬼子进村是很熟悉的,当然是从电影上看到的。像《小兵张嘎》《平原游击队》《地雷战》等等,都有这样的情节。最耳熟能详的是《地道战》,老村长发现鬼子即将进村,冒着生命危险,拉响钟声报警,最后牺牲在鬼子枪下。那一段音乐紧张得扣人心弦,我们这个年龄段的应该人人都能哼得出来,好像还有好事者配上歌词,似乎也还挺流行的,可见其认可度。歌词是:"老头,后面有鬼子来追你,老头,后面有鬼子来追你,快跑!快跑!老头快跑!老头快跑!跑!跑!跑!……"歌词紧扣画面,情景相生。原创可能并不知道这个版本,不过也没什么,人家也只是"义务劳动",牵涉不到版权,而且还锦上添花了。鬼子进村,无外乎烧杀掳抢,我这次要说的和这基本不沾边,唯一相似处,可能是那个"抢"字,也不贴切。最大相似处应该是一种淋漓尽致的"劲头",这用语言不太好表述，但是，你懂的。

丈夫堂姐的女儿，在农业部申请到一个项目，花木种植类的，通过土地流转，在县城边上租了二十多亩农田，盖起了硕大的暖房，还有一些颇具规模的塑料大棚，栽种培养花木，也销售盆景盆花。有人提议去看看，因为很近，又值暑假，反正闲着也是闲着，开上车便出发了。

二十多亩地，原先以为很小，可是作为一片开阔地，又是个人所有，我一眼看到时便感觉到奢侈了：这在城里得多少人才可以拥有啊！但是现在，它属于一个人。在广袤的（这个词想象中比较夸张，可是就眼前所见，可以用来形容）原野上，朝向公路的一面是玻璃暖房，暖房里地上、架子上井然有序地摆放着盆景和盆花等，供观赏和销售。暖房中间有一座宽阔的平房，是商务洽谈的地方。暖房后面，南北向顺序排列几架大棚，这是种植基地，目前尚未投入使用。大棚南边的土地，因为还没有纳入规划，所以便凸显农家田园风格。有一片种了葡萄，因为刚栽培，还没有坐果。一片不知名的苗圃，小树苗只一人来高，已经郁郁葱葱了。更多的地方是随意挥洒，绿豆、花生、各种蔬菜，还有一片西瓜。仲夏时节，所有作物都奋发向上，蓬勃生长，勃发着原始的生命力，连野草也如此。

空闲地辟出一块，养了许多家禽，鸡鸭鹅都有，但并没有给小鸭准备池塘，也没问题，说是旱鸭子。我一向理解"旱鸭子"是说不会水的人，没想到是鸭子里的一个品类，天生不需要水也可以生存。这次长见识了。所有家禽都放在一起，倒也能和平共处，见有人来，群中一阵骚动，"叽叽叽""嘎嘎嘎"地欢腾起来。鸡鸭鹅们的饮食好像很容易解决，野草、野菜、草籽、虫子、瓜果等等，属于自产自销，不需要成本。想来家禽的粪便还可以作用于农作物，算是互利了。

花房东侧靠墙处，并排停放三辆汽车，一辆货车，一辆轿车，一辆洒水车，据说货车和洒水车是项目要求的标配。我问这样的大车谁开，因为丈夫的外甥女婿有其他工作，不可能做专职司机。外甥女自豪地说："我开！"这个外甥女我以前见过，当时还没结婚，清清秀秀、腼腼腆腆的一个小姑娘，在政府招待所里做服务员。这次见到，一扫以往腼腆羞涩小女儿态，豪放开朗起来，能干得不得了。她说，即便不忙，她先生也不可能帮她开车，然后讲起了先生的糗事。说好多年前，一次先生参加应酬，喝了一斤多酒，还敢开车。开到红绿灯前，停了下来，睡着了。后面车无论怎样鸣笛，都叫不醒他老人家，便报了警。警察来了，他以为有人劫车，迷迷瞪瞪就出手了。外甥女婿身高一米八几，体重不光与身高匹配，还有盈余。警察不是对手。后来，外甥女婿就"进去了"。我说："是车管所？""不是，是看守所。"说外甥女婿做的这个事有一个专有名字，叫"袭警"，还有一个"醉驾"，结果就在看守所里待了好一阵

子，还当了一个副班长！这件事，对农业部的项目损失最大的
是该同志驾照被吊销了，大车只好由外甥女独自操作。

沿车辆停靠的东墙向南，几十米外，正在建主人的住房。
几棵绿树掩映下，一座小小的院落，中国普通四合院的样式，
由正房和厨房、卫生间、客房组成。厨房、卫生间、客房皆在
外面，与正房相对。房子皆平顶，给以后向上建筑留有基础。
据说现在不允许建高，不知为什么。房屋内部却是现在楼房单
元房的格局，只是客厅、卧室、走廊一律宽大，不似普通楼房
那样局促。房屋基本建好，包括装修，奇怪的是门都没有装，
说是便于晾干。这也是自己建房的好处，根据需要自由安排，
以往也没见过。

美中不足的是，周遭环境的美化措施还没来得及实施。我
在想象中帮她完成。应该有曲曲弯弯的小路，当然是在林中，
小路要通向树木花草围绕的池塘，池塘里可以有几只鹅，也可
以没有，当然更好的是水鸟。岸边树下系着一条小船，可以到
荷花深处摘荷花、菱角，也可以泛在清波上捞星星和月亮。这
有点像茵梦湖，带着德国树林中特有的潮湿的诗意。或者养几
匹马吧！主人手执短马鞭，骑着马，漫步在乡间小道上，身后
跟着一条狗。路旁有飘落黄叶的银杏树，并不多，零零星星的。
更多的是庄稼，空气中弥漫着植物的气息。一轮孤月高悬，露
水已经染到青草上、野花上、庄稼上，散发出微微的凉意。说

着说着，简·爱初次见到罗彻斯特的环境出来了。反正，怎么说呢？我就是想在都市里找到庄园的感觉！而这里是有希望实现的呀！这个项目才开始建设，以后，会有的吧！

我们这次来，不是替农业部验收的，也不是只看看而已。我们是来"扫荡"的！

花木基地尽管刚刚建设，副产品却已见成果。架上累累的黄瓜、长豆角，地上趴伏着圆滚滚的西瓜、南瓜，油紫的茄子、青绿的辣椒、橙红的番茄、白里泛青的葫芦。更可喜的是，遍地马齿苋、银苋菜，叶子肥厚，汁液饱满。

丈夫的嫂子酷爱烹饪，对蔬菜的爱有一种宗教般的狂热，见之两眼直放绿光！于是，不论什么菜什么瓜，来者不拒，且自己动手，一会儿摘瓜，一会儿剜菜，忙得不亦乐乎。见到银苋菜肥嫩的叶子大得出奇，忙说给她留些种子；听说葡萄是美国什么品种的提子，又说替她准备两棵树苗明年栽种。我对银苋菜也情有独钟，以前在钟灵街买过种子种了没出，这次自然也不愿撒手宝山。我又特别想"种"知了，请她们把知了产过卵的枯树枝给我准备几根。丈夫的妹妹打趣地说，这两家都是有地的！说我们家有地，我还不太惭愧，好赖院子里还有个十几平方米。而兄嫂住在楼上，娘家一楼房屋墙根一两尺宽的地方，都被她种上了菜蔬，那也算得上"地"？别管怎样，有点土，就是地主！

果蔬瓜菜装了几大袋子，放到车上。东道主说洗洗手，进屋凉快凉快。进到用作商务洽谈的办公室里，房间很宽敞，空调柜机在工作，冷气很足。房间斜对角两张硕大的老板桌前，趴着外甥女的一双小儿女，互不打扰，都在玩电脑。刚上小学的孩子，放暑假在家，悠闲自在得很。中间一张大圆桌上放着几只西瓜，都是外甥女婿现从地里摘来的，喀喀几刀，清甜带有水汽的味道便弥漫开来，大家大快朵颐，吃得淋漓酣畅。我觉得特别有土豪味儿！构成"土豪味儿"需要几个因素：一个人剖开一个西瓜，用勺子慢慢挖着吃，不行；多个人围着餐桌，一片一片搛着吃，也不行。唯有人多瓜多地方大气势足热情高干劲大，互相造势互相鼓舞，方可吃出"土豪味儿"。

离开外甥女家，大家还情绪激荡意趣盎然。有人说像到了农家乐，我说到农家乐客客气气的，没有这样随便。像胡汉三的还乡团？也不对。胡汉三说"吃我的给我吐出来，拿我的给我还回来"，是一种反攻倒算。而我们拿的可不是我们自己的东西，那只有像鬼子下乡"扫荡"了！不过，此"鬼子"非彼鬼子，切切不要误会。我说的只是一种恣意妄为、淋漓酣畅的感觉！

2016-7-16　徐州

一片冰心在玉壶

　　今年的天是成心与人过不去了。好友退休后住在广州女儿家，年初就抱怨，大雨没完没了地下，虽住高楼，仍是免不掉的潮湿，墙上水汽像大暑天的汗，无穷无尽。雨在南方缠绵，赖着不走，不是以天计，而是盘桓月余。后来虽说一路北上，行程缓慢，但是所到之处，气势汹汹，都很惊悚。手机群里，一会儿是"湖北只剩下湖——找不着北了"的消息，一会儿是"廊坊大街变成条条大河，成群鱼儿摇头摆尾畅快游泳"的视频。如今已是七月末，大雨还没有撤退的意思，轮到华北、东北告急了。且说真正的汛期还在后面，要做好抗击最大洪涝的准备。

　　在人类创世纪的传说中，有过女娲补天的故事，想必这天原就不周全，很容易漏的。女娲炼就的五色石照常理说当然也有个保质期。如今多少个沧海桑田轮回过了，怎么着保质期也过了，接二连三出事，从南漏到北，也是可以理解的了！

南京今年也是不一般。诗词里的江南雨总是迷人的，她是雨巷中打着油纸伞的丁香一般的姑娘，温婉含蓄。即便是"梅子黄时家家雨"，有些过分了，那也是与"青草池塘处处蛙"结伴而来的，还是有情有趣。可是今年南京的雨，不是处子，竟成泼妇了。冬天曾连续多日阴雨连绵，有人惊为"冬黄梅"；春夏之交，又有一段疑似黄梅。以为黄梅结束了，报上忽然说"南京入梅了"。闹了半天，结束才是开始！自打真正入梅，雨就不停了，连个间歇也没有，一直把七月中旬过完，雨，终于停了！久违的太阳，露头了！可是可能憋得太久，太阳一出来就凶猛得很！连矜持一下都不屑表现，直接就把热力放到最大。《扬子》播报天气的女孩坏坏地说，原先你对下雨有多么讨厌，接下来你对它就有多么想念！当然，蒸晒模式，好像也不是只南京如此，除了下雨抗洪的地方，全国绝大多数城市都改名了，共同叫一个洋气但比较拗口的名字——塞德·屈黑！

小时候曾听家里人说过一句谚语，叫作"六月六，晒龙衣"。是说农历六月初，梅雨已过，天气晴稳了，把雨季中潮湿了的物件摊到太阳底下晒晒。那时看大人晒"龙衣"也挺"隆重"的，总会揭掉几张床，抬到院子里，把院中原有的晾衣绳擦干净，然后把冬日的棉被衣物摊在床上、搭在绳子上。床上的席子、垫子也会拿出来，靠在墙根；掏空的箱子，干脆掀开盖一起晒。后来看书看到一些世族大家，暑天还会晒晒藏书字画什么的，觉得挺有趣味，但这和当时我们的家没有关系。现在因为饭碗，书是很多了，却从来也没晒过，不知对还是不对。如果真要把书们请出书橱再请回来，想想也头皮发麻。但那时看着大人忙进忙出，看着院子里突然多出来的而且还有自己以前没见过的东西，总是莫名地兴奋，在晾晒的被褥衣物中穿来穿去，尤其喜欢钻到被褥床单这样大的物件中。吸饱了阳光的棉织品热烘烘的，大汗淋漓的脑袋、身子贴上去，是一种少有的体验，无端地很快乐。空气中弥漫樟脑丸的气味和霉味，并不嫌弃。可是这种快乐很短暂，不一会儿就被大人喝令进屋里去了——不光怕孩子满身汗水弄脏了衣物，还怕在太阳底下暴晒，孩子身上起痱子。

今年被雨水泡了这么久，"晒龙衣"是必需的了。从"出梅"次日开始，每天一晒，一个橱柜一个橱柜地清。怪不得"梅雨"又被称为"霉雨"，名实相符，梅雨天就没有什么不霉的！桌子板凳茶几沙发，甚至用不着的锅碗瓢盆切菜板，都能长出毛来。被褥床单衣服，也一律湿漉漉的。这么说吧，屋子里几乎所有东西，都该请出去见见太阳。院子太袖珍了，地方也很有限啊，每天拿出去的东西就得是限量的。于是连续多日重复一件事，早上洗、晒，晚上收、整理、装。有时想想，既然都需搬出去，不如掀开屋盖敞开来晒来得痛快！高温持续不减，且稳中有升：38 度、39 度、40 度……今天竟然说外面体感温度 48 度！就想起池莉的一篇小说，说夏天的武汉，从药店里买一支体温计出来，温度直蹿，直接爆表了！池莉用了武汉的"市骂"，说"婊子养的武汉"！今年的南京也该享有武汉同规格的待遇了！

今天下午三点，正是"烈日炎炎似火烧"的时候，丈夫去学校主持学生论文答辩，回来说，从龙江、鼓楼乘地铁来的两位老师从地铁站走到文学院，几乎要休克！在这酷暑天，儿子夜以继日，做博士论文的最后冲刺！全家就我一个闲人。但我在玩游戏之余，总还有些事情要做做的。这种热死人不偿命的暑天，以前人都要"歇夏"的。好像很多地方都有风俗，出了嫁的女儿，这时可以带着孩子回娘家住一段时间。究其根本，应该是炎热的夏天本就做不了什么事，不如给媳妇儿放个"暑假"，回娘家团聚，做个顺水人情。所以"歇夏"，与其说是人情，不如说是天意。望着窗外灼灼白日，我就想，如果现在有人问我想要什么，我就用王昌龄的诗句回答他："洛阳亲友如相问，一片冰心在玉壶！"不是想像王诗人那样为自己辩解表白，只是看中他诗句中"冰心"和"玉壶"那两个词；不是取"冰心""玉壶"洁白无瑕之意，而是直觉这两个词，看上去吱吱冒凉意，可以解暑啊！

2016-7-25　南京

第二札

曹雪芹喜欢林黛玉还是薛宝钗？

一般人见到我这个题目就会嗤之以鼻，觉得我弱智，扬黛抑钗似乎是公论。可是我没事时想想，觉得曹雪芹还真不是那样的，我的看法是，他和宝玉一样，"见了姐姐忘了妹妹"，两个形象他都喜欢，所谓"兼美"是也。

我看《红楼梦》经常怀疑，林黛玉和薛宝钗两人谁漂亮？黛玉美，不消说，作者虽没有一句描写落在实处，但提供了很多可资想象的东西，诸如"两弯似蹙非蹙胃烟眉，一双似泣非泣含露目。态生两靥之愁，娇袭一身之病。泪光点点，娇喘微微。闲静时如姣花照水，行动处似弱柳扶风。心较比干多一窍，病如西子胜三分"（第三回）。具体什么样，不知道，你往好里想就是了，一百个人心里有一百个林黛玉。宝玉一见就有个评价，叫"神仙似的妹妹"，所谓神仙，应该是仙女一样的人物，不可能是凶神恶煞，钟馗一般的。宝钗也漂亮，"生得肌骨莹润，举止娴雅"（第四回），"唇不点而红，眉不画而翠，脸若银盆，眼如水杏"（第八回）。照着曹雪芹描画的，你可以找到宝钗这样的，没准你邻家漂亮的小妹妹就像她。这样，黛玉美得缥缈，宝钗俊得实在，曹雪芹喜欢谁呢？宝玉见到宝钗，感到她与黛玉不同的美，"比林黛玉另具一种妩媚风流，不觉就呆了"（第二十八回），这也应该是曹雪芹的感受，"环肥燕瘦"，没法下结论。

黛玉无疑是有才华的，犹擅诗词。这一点曹雪芹明显偏爱，给黛玉很多机会单独表现：《葬花词》《桃花行》《秋窗风雨夕》《五美吟》，还有题写在两条旧手帕上的三首诗，等等，林姑娘是时刻离不开诗的。而薛宝钗，除了参加诗社的集体活动，自己似乎从来不写诗，也不从事其他文艺创作，倒是经常做针线。比如周瑞家的到薛家找王夫人，宝钗"坐在炕里边，伏在小炕桌上同丫鬟莺儿正描花样子呢"（第七回）；比如她生病，宝玉去探望，她正在炕上做针线，这还正在养病呢；搬到大观园住，也不忘拿点针线去做。但是要真正比起作诗来，似乎倒是宝钗更占上风。曹雪芹写了几次"诗歌比赛"。第一次是探春发起诗社，咏海棠。一共四人参加，探春、宝玉自然落后，就黛玉和宝钗，尽管众人看了，都说黛玉的诗"为上"，但李纨是社长，又是公推的"判官"，所谓"稻香老农虽不善作却善看"，李纨说第一名是宝钗。她的理由是，"若论风流别致，自是这首

（指黛玉的诗）；若论含蓄浑厚，终让蘅稿"。她还说，"到底是衡芜君"，"这诗有身份"。探春也说，"这评的有理，潇湘妃子当居第二"。（第三十七回）不久湘云来了兴趣，要自己做东邀一社，宝钗建议她不如把家里人都请上，一起吃螃蟹，等众人散去后再作诗，并且赞助螃蟹、果菜及酒水，帮助她张罗了螃蟹宴。酒足饭饱众人散去之后，诗人们开始作诗，这一次曹雪芹让潇湘妃子"魁夺菊花诗"，在总共十二个题目里，黛玉写了三首（这次增加了个捷才史湘云），且三首质量都超过其他人，因此毫无争议地独占鳌头。这样说来，其实应该是和薛宝钗打了个平手，略占优势。可是曹雪芹紧接着又让宝玉来了首《螃蟹咏》，引起后面的咏蟹诗之争。宝玉的诗黛玉没看上，说"这样的诗，要一百首也有"。然后自己也作了一首，提笔一挥而就。作过以后又撕了，说不及宝玉的。他兄妹俩正说得热闹，旁边宝钗"接着笑道：'我也勉强了一首，未必好，写出来取笑儿罢。'"，结果才写出一半，"众人就不禁叫绝"；及至写完，"众人看毕，都说这是食螃蟹绝唱，这些小题目，原要寓大意才算是大才"，连宝玉也说"写得痛快"。（第三十八回）这样，林黛玉刚刚建立起来的一点点优势，又被打压了下去。曹雪芹是什么意思啊？第三次是柳絮词。也是史大姑娘先有了兴趣，自己捉柳花玩呢，玩出兴趣来了就填了一首《如梦令》，自己很得意，拿去给黛玉看，并且鼓动黛玉起社填词，于是一人拈了一个词牌，就填起词来。宝钗说："我想，柳絮原是一件轻薄无根无绊的东西，然依我的主意，偏要把他说好了，才不落套。"结果是，"众人拍案叫绝，都说：'果然翻得好气力，自然这首为尊。缠绵悲戚，让潇湘妃子；情致妩媚，却是枕霞……'"（第七十回）。众口一词，还是宝钗胜。

除了在诗词上的较量外，宝钗还有自己的"独门"（相较于黛玉）才艺。《红楼梦》里写四姑娘惜春会画。刘姥姥进大观园，夸奖大观园比画还美，贾母对刘姥姥显摆，指着惜春说："你瞧我这个小孙女儿，他就会画。"（第四十回）然后命惜春把大观园画下来，还要把大家族中的主要人物也画上。惜春就为难了，她的能耐不足以完成这么个大工程。宝钗帮她出主意，从绘画所用材料、工具，到哪样事情找哪样的人帮忙，指导起来从容不迫，头头是道。"非离了肚子里头有几幅丘壑"能说出这样内行话吗？尤其是，她自己画画的工具很齐全，显然不是只说不练的假把式，而是训练有素造诣很高的了。薛宝钗之擅长绘画，从她在"菊花诗"写作中选择"画菊"的题目，也可窥见一斑。

如此说来，宝钗在才华方面，不光不输黛玉，甚至还胜一筹。

《红楼梦》也对比了宝黛二人的理家才能。写宝钗是实写。写她与探春、李纨组成三驾马车，代替王熙凤管理荣国府，成效卓著。但这被人诟病，认为是她企图登上"二奶奶"宝座的热身。关于管理才能，其实宝钗和黛玉都有。在探春欲兴利除弊在大观园推行改革时，王熙凤和平儿有一段对话。凤姐说，"我正愁没个膀臂"，现在有了探春帮助，正好。她在分析了贾府其他人的种种不可能之后，肯定了宝钗和黛玉的能力，"林丫头和宝姑娘他两个倒好"，认为二人都是有能力当好管家奶奶的。所以不做，非不能也，是不为也。因为"都是亲戚，又不好管咱家务事。况且一个是美人灯儿，风吹吹就坏了；一个是拿定了主意，'不干己事不张口，一问摇头三不知'，也难十分去问他"（第五十五回）。这里，凤姐把黛玉与宝钗相提并论，起码透露一点信息，黛玉也并非不食人间烟火。与此可以并证的是，第六十二回宝玉同黛玉说起探春的改革，"黛玉道：'要这样才好，咱们家里也太花费了。我虽不管事，心里每常闲了，替你们一算计，出的多进的少，如今若不省俭，必致后手不接。'"。黛玉并非只追求形而上，落到实处过日子，心中是有数的。倒是宝玉，居然说道，"凭他怎么后手不接，也短不了咱们两个的。（这一个才是吃东粮不问西事的！）"，以至于"黛玉听了，转身就往厅上寻宝钗说笑去了"，都没法搭理他！

宝黛两个人的性格，是曹雪芹写得较多的。林黛玉小性儿，这是曹雪芹多次说过的，他还借宝玉和湘云的口，说黛玉"是个多心的人"，"小性儿，行动爱恼的人"（第二十二回）；而宝钗呢，"品格端方，容貌丰美"，并且说"人多谓黛玉所不及"。说"宝钗行为豁达，随分从时，不比黛玉孤高自许，目无下尘，故比黛玉大得下人之心。便是那些小丫头子们，亦多喜与宝钗去顽。因此黛玉心中便有些恹郁不忿之意，宝钗却浑然不觉"（第五回）。两个人性格明显有差异，尽管性格形成各有其原因，但曹雪芹的褒贬之意，从文字中还是能看出来的。当然对黛玉没有恶意，但对宝钗无论如何也不能说是讨厌吧？

宝黛两人都爱宝玉，但追求爱情的态度大不相同，黛玉表现得更大胆。除了因为性格直爽，说话可以百无禁忌，除了因为两小无猜、亲密无间，表达可以更加亲热，更因为自幼父母离丧，寄人篱下，凡事无人替自己主张，自己再不这么着，还能怎么样啊？但是这种表露被认为是离经叛道，不淑女，反倒害了自己。宝钗就不同了，有妈妈有哥哥，有人替她出头。何况宝玉的妈妈还是她亲姨妈。家境又好，不像黛玉（我其实想不太明白，黛玉是林如海遗产唯一继承人，她怎么会穷呢？）。听听她们两人对话，挺有意思。黛玉说："我又不是他们这里正经主子，原是无依无靠投奔了来的……"宝钗说："这样说，我也是和你一样。""黛玉道：'你如何比我？你又有母亲，又有哥哥，这里又有买卖地土，家里又仍旧有房有地。你不过是亲戚的情分，白住了这里，一应大小事情，又不沾他们一文半个，要走就走了。我是一无所有，吃穿用度，一草一纸，皆是和他们家的姑娘一样，那起小人岂有不多嫌的？'""我虽有个哥哥，你也是知道的，只有个母亲比你略强些。咱们也算同病相怜。"（第四十五回）宝钗谦虚了，只这"略强些"，让她占了多少便宜，婚事不用操心，只需做好自己就行了。而这让她在荣国府里赢得了高分。但宝钗这样，让曹雪芹厌恶了吗？可能有一点。毕竟黛玉寄人篱下的处境令人心疼，毕竟一个花季少女的早夭让人心碎，黛玉作为悲剧主角，曹雪芹为之洒上一掬同情之泪。而同时，那个似乎既得利益者，就要成为被迁怒的对象了，宝钗不幸成了这个尴尬的角色。如果宝黛的结局互换呢？如果得到贾宝玉的不是薛宝钗，而是林黛玉呢？人们还会去恨宝钗吗？

两个好姑娘，都风华绝代，各有各的可爱。只是因为只有一个贾宝玉！我大胆地想，宝钗和黛玉，是不是曹雪芹心中的红玫瑰与白玫瑰？鱼和熊掌不能兼得，要是"兼美"该有多好！

2016-5-16

差了一点

岳云鹏有一段相声《我看不惯》，讽刺社会上的不文明现象，很有意思。其中说到公交车上不让座的事。车上已经人满，位置坐完了，上来一老太太，踉踉跄跄站立不稳，没人让座。"我"很气愤，说："太不像话了，气得我都要坐不住了！"问："你有座啊？""嗯！""你怎么不让？""我累了！"这时旁边一大姐对"我"吼："起来！把座给我！""我"说："凭什么？""我是售票员。"原来"我"坐了售票员的座。然后售票员把座让给了老太太。

让座与不让座的事，在生活中太常见了，一般地铁、公交上都有自动语音提示，每一站起始都会播报："请给有需要的乘客让个座儿！"公交上还设有老弱病残专座。只是专座上坐的未必是老弱病残。但是，不是坐在老弱病残专座上的，碰到该让座的，也照样起立，不论在地铁上、公交上，都不少见。当然肯定也有一上车就装睡，雷打不动的。现在更方便了，一只手机在手就可以搞定。看手机自然要集中注意力，但也无须那么专注。这两种人都常见，有时就不免有范伟那样的疑惑，同样是年轻人，"差距怎么就那么大呢"？

听说俄罗斯的年轻人，在公交车上，有座也不坐。这让我由衷地喜欢，这样的年轻人，真好！也由衷地羡慕，到底年轻！年轻真好！

在韩国乘车，觉得很方便，尤其是火车，三四成旅客，座位很宽松，头等机舱一样的待遇。车厢明亮宽敞，因为路途短，没有那么多行李，不挤。没有那么多人需要在车上吃东西；小孩子的食品都做成宇航员食用的那样，牙膏状的，直接往嘴巴里挤，不会洒落；没有国人一上车便开吃，瓜子花生果皮乱飞的习惯，不脏。觉得在韩国乘火车，幸福感要爆棚！前几天韩国延世大学金教授来宁，我提起这事，他说，老皇历了，现在也不行了，乘火车的人太多！

台湾的大巴、地铁、公交上都有老人专座，数量还不少。在台湾，明显感觉老人出行的多，年纪很大也不需要陪伴，就是因为上车就有座，不需担心，径直往专座跟前走就是了。专座一般都坐不满，不是符合条件的，专座空着，站立的人再多，也不会去坐。

我觉得台湾这种做法很好，以法律制度的形式，确保了弱势群体的利益。可是，同样是在台湾遇到的一件事，又让我对自己这种看法产生了怀疑。

那天是去基隆，从台北出发。上大巴时几乎还没人，满车都是空座，我在前面靠车窗的地方坐了下来，一来是怕晕车，二来因为是长途，不担心让座的事。我是到了一个比较尴尬的年龄，就是我站着时，别人对我可让可不让，基本不让；我坐着时，对别人也是可让可不让，一般都让。这次是长途，我来台湾旅游已经奔波了几天，处于疲惫状态，因此没打算学雷锋，尤其是依据在大陆的经验，长途车也不存在让座的事。但是车开出没多久，我就发现我错了，虽是长途车，可一站站停靠，很频繁。而且立刻就上来一位老者，上来就直奔我的座位，在我旁边站立下来。如果是短途或公交车，如果我不是这么累并且还需要保存体力准备一天消耗，或者如果不是我周围很多年轻人都坐着，让座也轮不到我——我肯定第一时间就把座位让给老先生了。但当时因为有这么多如果，我没有立即这么做。我先礼貌地征询一下老者的意见："我把座位让给你吧？"他没有理睬。我想，也许他的目的地就在附近，很快就下车。我没有马上起来，但是如坐针毡。路很颠簸，老者颤颤巍巍站不稳，可是周围那么多年轻人没有谁让座，视而不见。我心何忍！赶紧起来，让他坐下。老人气愤地坐下，连瞅我一眼都不肯，满脸写满鄙夷，似乎我是那么没教养。我心里别扭极了。如果是在大陆，你把座位让出来，无论是谁，总会心存感激说一声"谢谢"，没有谁会认为理所当然，还甩脸子给你看。这种感觉陪伴我疲惫地站了一路，也陪伴我后面的旅程。当然后来我知道了，都是"专座"惹的祸！

让座与不让座，这实际上是个道德层面的问题。孟子说："老吾老，以及人之老；幼吾幼，以及人之幼。"以对待家人的心情、态度去对待别人，你就不会恃强凌弱，不会漠不关心，而是会去关心去照顾，施以援手。这是从人情上来说，看到人家有难，不扶持一把，心里过不去，也是孟子说的，"怜悯之心，人皆有之"。这是一种公共道德，是人应该具有的。违反了，会受到社会谴责，自己良心上也过不去。但法律奈何不了。所以你让座了，人家会感激你；你没让，也不能拿你怎样。因为，从法律角度，你花钱买了票，你就享有对座位的使用权，放弃不放弃使用权，是你个人的事，与法律无关。

我们提倡公共道德、呼唤社会良心，是为了让社会充满爱。但是如果拿道德去考验人性，人性有时撑不住。所以我们能看到该让座而不让座的事情发生。台湾以制度化强制性解决了这个问题，不失为一种良策。但是以制度作为保障，也有不如人意之处：不在专座上坐着的人就没有让座的义务，即便需要帮助的人就在身旁；接受照顾的人没有感激之心，认为理所应当，受之坦然。依赖人的自觉性也好，使用法律武器强制也好，总觉得这两种情形似乎都差了点什么。我认为最理想的状态是：所有的座位谁都可以坐，能够物尽其用；所有需要帮助的人，都有人帮助，没人推诿。这样说来，我们差的那一点，是什么呢？其实就是温度，让人人都感到温暖的温度！

2016-5-19

我写完这篇文章，给贝贝看，他说台湾并没有将让座法律制度化，我看到的不是全部。但是道德化高压比较厉害。现在台湾人也在反思，不把让座绝对化。我理解所谓道德高压有两层意思：一是社会公德普遍较好，让人不好意思做不好的事；二是有的极端化，变成了道德绑架，成为另一种伤害。不能设身处地，不宽容，也是人性缺陷，距离理想境界，也还是差了一些啊！

2016-5-21　又及

从前，有个范滂……

汉代的公务员不是考试产生的。所谓"学而优则仕"，基本是隋唐科举制实行以后的事。汉代公务员的产生，与我们"文革"中选拔工农兵大学生方法差不多，"推荐与选拔相结合"。一个人被乡里推举为"孝廉""光禄四行"，就有了做官的资格了，可以顺利成为干部队伍的后备军。当然推荐是有标准的，和现在的道德模范大致相同，要行为高尚、品德优秀。比如孝廉，顾名思义，要孝顺老人，行为清廉。光禄四行也有具体规定，是为"敦厚""质朴""逊让""节俭"等等。

汉代的孝廉，毫无疑义，很多。其中有一个叫范滂的，是很著名的代表。他就是由孝廉、光禄四行进入仕途的。范晔的《后汉书》专门给他立传，把他狠狠地表扬了一把。我读他的事迹，觉得蛮传奇的。说冀州那个地方，因灾荒，治安很乱，派范滂去调查处理。范滂甫一接到命令，就慷慨激昂放狠话，结果人还没到地方，州里的大小头头儿把官印一丢，集体逃亡了（原文为：时冀州饥荒，盗贼群起，乃以滂为清诏使，案察之。滂登车揽辔，慨然有澄清天下之志。及至州境，守令自知臧污，望风解印绶去）。我由此惊叹于当时道德的威慑力。一州的"守"啊"令"的，应该也算个人物，在仕途上一路摸爬滚打，也经过些风浪，但来了一个范滂，还没照面呢，自动解职了。走的原因是自知品行有亏，在全国闻名的道德模范面前，一是不好意思了，二是担心被严惩，于是逃之夭夭。要是现在，这招就不灵。我们每年都有"感动中国"的好人，可他们感动不了贪官，也包括贪民。

范滂后来调到一个新部门工作，顶头上司叫陈蕃。范滂第一次去见陈蕃，按照下级见上级的礼仪很周全地做了一遍，陈蕃没有制止，自然坦然地接受了。结果，范滂心里那个难受劲！反正就是官不做了，立马打道回府，直接就把头头儿给炒了！我觉得这范滂矫情得可以啊！你要觉得该行这个礼，就行；不想行，就不行！这样心不甘情不愿的，等着人半就半推，何必呢！"明明下级见上级该行这个礼，所以不能不行；但自己这个下级名声很大呀，是不是该高看一眼？如果我行这个礼时，你陈蕃适时地拉住了，这样咱们双方不是都有面子了吗？岂不皆大欢喜！"范滂大约是这样想的。偏偏陈蕃不这样认为，觉得你再是个孝廉，也是我下级，这个礼行了就行了呗！我看到这儿会想起《红楼梦》中刘姥姥与王熙凤的第一次见面。刘姥姥给王熙凤磕头，王熙凤很受用，可是一个白发苍苍的老妪跪在自己面前，还是亲戚，有点造孽。凤姐多会来事！先装作没看见，待姥姥跪下了，又跟平儿说："我年轻，不知辈分，快搀起来。"说着说着，刘姥姥几个头已经磕完了。刘姥姥磕头，也没感到不舒服，虽说辈分长、年纪大，谁让自己穷来着！再说还是来求人的。但是范滂就不行了，范滂是士大夫呀！有一句那什么话，说得挺狠的，"饿死事小，失节事大"，面子比命重要！更奇怪的是，当时一个叫郭林宗的人，听说了这件事，倒去责备陈蕃，他说："像范滂这样的人，难道应该拿属下参见上司的礼仪来要求他吗？"好像陈蕃有多大的不是。奇怪还奇怪在，陈蕃真觉得自己错大发了，赶紧向范滂道歉，此事才罢休。这是不是说明，当时社会的道德风气、舆论导向，都是偏在范滂这一边的？或者说，一个道德高尚的人，理应格外受到尊重！

范滂一生的事业就是弹劾贪官，与坏人坏事做斗争，得罪不少人，最后的结局就是要被逮捕入狱了。施行捉拿的官员，接到命令后，手捧诏书，把自己关在驿舍里，趴在床上哭，觉得让范滂这样的人进监狱，是罪过呀！范滂听说了，说："这一定是因为我呀！"于是投案自首。县令一看，十分吃惊，心想，你怎么来了？我要是把你给关起来，还不得被人骂死？干脆，官也不做了，拉着范滂，说："咱们一起逃跑吧！"范滂当然不愿意，跑了和尚跑不了庙！哪能连累朋友连累家人？范滂是出了名的孝廉呀！面临死刑时，范滂的老母亲赶来见儿子最后一面。要说老太太也真够坚强的，她居然对儿子说："你现在可以和李膺、杜密（当时两个贤者）齐名了，死了又有什么遗憾呢？好名声和长寿，怎么能兼得？"听得周围的人都哭了。

在中国传统文化里，在中华传统道德中，范滂所具有的所体现的这些品质，是被提倡的、鼓励的，即便是封建统治阶级，也是把品德高尚的人作为楷模加以任用的。所以中国士大夫们把范滂这样的人树为榜样，心向往之。苏轼小时候读了范滂的事迹，就立志要做范滂那样的人。有意思的是，苏轼的妈妈也说："你能做范滂，我就不能做范滂的妈妈吗？"说来惭愧，我们现在，不光"范滂"太少，范滂妈妈、东坡妈妈那样的妈妈也不多，倒是"老虎""苍蝇"层出不穷。这使我们怀念起来：从前，有个范滂……

2016-8-20

南宋，想说爱你不容易

文学史上，读到南宋作品，总让人抑制不住地心潮激荡、热血沸腾。

感觉那是个英雄辈出的时代。自古草莽英雄很多，从陈胜、吴广的揭竿而起，到项羽、刘邦的楚汉相争；从冲天将军黄巢，到明末的闯王李自成……。时势造英雄，英雄造时势，哪一个时代，叱咤风云的人物都不少。但少见南宋时期那样的诗人、英雄合体。能于百万军中取敌人上将首级如探囊取物的人，有。若同时在文学史上还能自成一派流芳千古，那就只有一个辛弃疾！南宋的。率一国之兵御敌，让敌人闻风丧胆的人，有。但谁能写出《满江红》那样气壮山河的诗词？岳飞能。南宋的。

感觉那是个铁血男儿快意恩仇的时代。"壮志饥餐胡虏肉，笑谈渴饮匈奴血"，岳飞的《满江红》，每一个字都燃烧着复仇的烈火。"万里腥膻如许，千古英灵安在"（陈亮《水调歌头·

送章德茂大卿使虏》），陈亮也是仰天长啸，壮怀激烈！"夜阑卧听风吹雨，铁马冰河入梦来"，六十八岁的陆游，还是满满的保家卫国、建立军功的情怀。就连流连诗酒的弱女子李清照，照样是"生当作人杰，死亦为鬼雄"的铮铮铁骨！

感觉那是个爱国热情空前高涨的时代。在山河破碎民族危亡的时候，在君主被掳国将不国的时候，南宋人的忠君爱国热情被极大地激发出来了，这在文学家的作品里得到了淋漓尽致的体现。"了却君王天下事，赢得生前身后名。"（辛弃疾《破阵子·醉里挑灯看剑》）"嗣当激励士卒，功期再战，北逾沙漠，喋血虏廷，尽屠夷种。迎二圣归京阙，取故地上版图，朝廷无虞，主上奠枕：余之愿也。"（岳飞《五岳祠盟记》）没有哪个朝代的人，像南宋人那样渴望建功立业，效命疆场，把自己的身家性命、事业前途与国家、君王紧密地联系在一起。

感觉那又是一个特别拧巴的时代。明明半壁江山被人占着，明明两个君主在人手里，朝廷就是不着急！主和派就是不让打！气得胡铨指着皇上的鼻子骂："夫天下者，祖宗之天下也；陛下所居之位，祖宗之位也。奈何以祖宗之天下为金虏之天下，以祖宗之位为金虏藩臣之位？"（胡铨《戊午上高宗书》）陈亮则拷问士大夫们："尧之都，舜之壤，禹之封。于中应有，一个半个耻臣戎！"（陈亮《水调歌头·送章德茂大卿使虏》）岳飞振臂呐喊："还我河山！"但是空有凌云志，难上井冈山！

　　那真是个令人大失所望的时代。几乎所有主张抗金的仁人志士，下场都令人悲哀。一辈子不忘北伐的辛弃疾，"把吴钩看了，栏杆拍遍，无人会，登临意"（辛弃疾《水龙吟·登建康赏心亭》），真是寂寞纠结了一生！盼了一辈子北伐的陆放翁，至死也没看到北伐，"王师北定中原日，家祭无忘告乃翁"（陆游《示儿》），念念不忘一辈子，但他就是失望了一辈子。冒死进谏的胡铨被发配到海南，抗金英雄岳飞更是直接被整死在风波亭。

　　当这些熠熠耀眼的英雄人物以这样一种悲剧方式黯然退场时，你对这个时代，除了失望，还有什么呢？

　　南宋啊南宋，想说爱你真不容易！

2016-8-22

想一想是可以的

很久以前，江北浦口火车站还在，一次出站，遇到一伙小流氓没买车票想混出站，在检票口突然大打出手，然后乘乱跑了出去。当时我们一行人正在检票，有两人遭殃。这种事莫名其妙，白白受辱，连讨说法的地儿都没有，实在是憋屈得很。我很气不过，又无可奈何，就在心里想，自己武功很是了得，对付几个小流氓游刃有余，只消几脚，对手就屁滚尿流，而我呢，大气都不喘，两手抄在衣袋里，都用不着拿出来，然后头发一甩，扬长而去，留下几个小坏蛋，面面相觑。这样一想，心里觉得很解气。我把这想法告诉了一个同事，岂知他说："你心理怎么这么灰暗！"

我挺受打击的。因为他说的是实情，我这么想可能真的不太正大光明。问题是，这种不光明的想法还不时会冒出来。刚搬到仙林时，大约因为此地原是山地，虫子多得不得了，其中最多的一种是不知名的黑虫，此外是蝗虫，是蚯蚓。一次散步，遇到一条硕大无朋的蚯蚓，在路中间游动。看到这足有一尺多长的巨无霸，我吓得尖叫一声躲开了，庆幸没有踩上去。一般雨后天晴，路上这东西很多，它们爬到了石头上、水泥路上，往往回不到泥土里，被晒干，蜷曲在路上。我没有很多同情，倒是厌恶其丑陋。蝗虫也很大，深秋的晚上常常到路上，大约是趋光吧，被路灯引了过来。路上车来车往，不少毙命轮下，做了枉死鬼。最多的是那种黑虫子，大的寸许，多足，色黑，爬动起来很快，很像老式火车，我们给它命名"轨道虫"。轨道虫经常光天化日下在路上乱爬，因其数量多，会让人联想起电影里的鬼子下乡"扫荡"。我极讨厌轨道虫，多，防不胜防，不小心就可能踩到，走路变得小心翼翼很没有意思起来。好多次我骑着单车，就很有碾死几条的冲动。一般离得很远时我就在心里说："弟子今天开杀戒了！"然后猛蹬过去，但在接近的一瞬间，又把车轮偏过去了，至今一条也没有杀过。我其实不是谁的弟子，也不知都有些什么样的师父，因此祷告的时候也没有明确目标，大概是想要做坏事了，又怕担责任，临时随便拉一个抵挡一下，有点拉大旗，作虎皮的味道，不是什么光明的把戏。至于没有实施，不是不想，实乃不敢。如此说来，说我心理灰暗，也不是多冤枉。

　　但有时又想，我又没有真做，想一想也不可以吗？

想一想是可以的吧。

《红楼梦》第五十四回，说贾府过元宵节，两个女先儿说书助兴，准备说一个才子佳人的故事《凤求鸾》，被史太君给否定了。老太太说编的这些故事都是"诌掉了下巴的话"。而编书的人呢，"有一等妒人家富贵，或有求不遂心，所以编出来污秽人家。再一等，他自己看了这些书看魔了，他也想一个佳人，所以编了出来取乐"。贾母说得有些刻薄了。试想一个"才子"，因为贫因为穷或因为别的什么，总之他得不到"佳人"，他就想想呗！男大当婚，想要婚的那个对象美一点、富一点，想想碍着谁了？

从前的"才子佳人"小说，一般"才子"和"佳人"是一一对应关系，现在不了，现在的人胆儿比较肥，敢想。以前男作家多，会多安排些女性追求者，三妻四妾的；现在写作这活儿比较适合女人做，一个女人后面多几个爱慕者也很正常。有一部很热的电视剧（是根据网络小说改编的），写一女孩穿越到大清，尽管平平常常的，但是打败后宫所有女人，从皇上到王爷十来个皇子通吃。有点大发了！要说，还是平民多，有几人是含着金汤匙出生的！没钱没权没家世，可能也没有姿色，但这并不妨碍往美好处想想。当然不能太过，差不多得了。我这么说可能太落伍了，因为该电视剧很热，追剧的不少，可见赞同者不鲜其人。

武侠小说也挺受欢迎。从以前的金庸热，到前不久《琅琊榜》的大卖，胡歌的红得发紫，都是铁证。试想，你穷困潦倒，狼奔豕突也出不了苦海，这时有人劫富济你，是不是也挺好的？你被恶霸欺负了，想报仇，鸡蛋碰不过石头，你是不是也希望有人来除暴安你？可是哪有那么多大侠？但是，想想不行吗？

包公戏也是大家爱看的。比如你有了冤屈，就跟窦娥似的，可是你没遇到清官，就只能像窦娥那样发几桩无头愿罢了。能不能应验，要看老天帮不帮忙。还得是包公，一跺脚，抬口虎头铡过来，连陈世美都敢铡。可是一个包公也忙不过来呀！那你就想，多一些包公，遇事就能还你个公道。即便不是这样，想想不行吗？

人对自己没有的、不能的，总是在想象中给予完善补偿，这很有些阿 Q 精神。有点阿 Q，活得不累。从这个角度来说，想一想是可以的。

2016-5-10

隧道里的猫

是去鼓楼校区的时候，坐在校车上，车行驶到玄武湖隧道中，已经快到出口了，前面忽然出现一只猫———一只惊慌失措的狂奔的猫。这只猫可能年龄不大，看身型也就一岁左右吧。不知因为什么，它跑到隧道里了。这实在不是它该来的地方！一辆辆车，风驰电掣，飞奔而来，呼啸而去，就在它的身边。可怜的小家伙，吓坏了。它急切地想逃离这个随时会要了它的性命的是非之地，于是拼命地跑，竭尽全力地狂奔。但它不知往哪儿跑。它不知道往哪个方向跑才能脱离危险。于是它往前面跑几十米，折回来，再往后跑几十米，又转回来，就这样不停地重复，不停地奔跑！我当时心里担心极了：这无法拯救的灵魂，怕是要万劫不复了！

很多年前，一个大雾的早晨，我走在上班的路上。天上地下，前后左右，哪哪都是雾，我被浓雾围裹起来了。不见一个人影，不见一幢建筑物，甚至看不见自己，也没有任何声音。感觉自己像一个游魂飘荡在混沌未开的世界里，而周遭没有任何生命迹象，一只小虫、一根小草也没有。于是孤独感强烈地袭来，有一种生命走到尽头的恐惧，心里慌张得要窒息了，整个人被巨大的绝望笼罩着、压迫着。那一段路可能就几十米，但时间被无尽地拉长了，长得神经都要绷断了，像是经历了地老天荒、沧海桑田。

我后来每每想起这次体验，都会有一种联想。设如是一只船，在茫茫大海上航行，水天相接，漫无际涯，没有任何标志物，它如何驶出大海，到达彼岸呢？又比如一个行者，走在浩瀚的沙漠里，天地悠悠，四野茫茫，找不到出路，他怎样脱离绝境，停靠绿洲呢？还有，人们在科学探索，在追寻自己的理想时，其实也是这样。没有预设的路径，没有明晰的标志，绝大多数的时候也看不到希望，如同舟行大海、人在沙漠一样。

前不见古人，后不见来者。这是何等的孤独！

上穷碧落下黄泉，两处茫茫皆不见！这是何等的绝望！

衣带渐宽终不悔，为伊消得人憔悴！这得多么的坚忍！

然而，只忍受这些，只做到这些，就可以了吗？

所有这些，隧道里的猫，正在做着。

我后来把猫的故事讲给我的儿子听，他问，结果呢？我没有看到结果，但是我已经知道了结果。我说，它会累死的！

　　我说出这个结论时，自己的脊背上已冷飕飕的了。

　　其实，小猫所在之处，离隧道出口并不远，如果它知道方向，跑出去也就是分分钟的事，但是它无法看到，无法判断！只是盲目地跑。又或者，它索性就往一个方向跑，坚持不懈地跑，即便是遥远的那一头，只要坚持，也会走出绝境。但是，它也没有。

　　这样看来，我们在追寻理想，为理想奋斗时，有一个正确而明晰的方向，是多么重要的事情！而咬定一个目标，执着地坚持，不停息地前行，同样是不可或缺的。否则，就会和隧道里的猫一样了。

2015-3-24

第三札

茅山，茅山

第一次参加院里离退休教职工活动，阮师傅通知我，去茅山。

茅山不远，一个多小时车程，5月29日去，春深夏浅季节，气候也适宜。可是我没有热情。原因是，茅山是出道士的地方，而我，素来不喜欢道士。

不过，不是说"天下名山僧占多"吗？虽说还有很多名山没被占，但被占的一定是名山，这一点是可以成立的。况且，如果有和尚、道士的地方都不去，那名山有很多就得放弃，凭什么？和尚、道士去得，我为什么去不得？（一笑）为着茅山的风景，也应该去的。于是，我上网搜了一下茅山，得到这样的资料：

　　茅山位于句容市东南24公里处，与溧阳交界，距镇江、常州、南京约 40 公里，交通极为便捷。茅山以大茅峰、中茅峰、小茅峰为主体。主峰大茅峰，似绿色苍龙之首，也是茅山的最高峰，海拔 372.5 米。原名句曲山，中国道教名山。山上现有的老子神像是目前世界上最高的道教人物神像。

茅山自然景观独特秀丽。山上景点多，有九峰、十九泉、二十六洞、二十八池之胜景，峰峦叠嶂，云雾缭绕，气候宜人。山上奇岩怪石林立密集，大小溶洞深幽迂回，灵泉圣池星罗棋布，曲涧溪流纵横交织，绿树蔽山，青竹繁茂，物华天宝。

这么说来，茅山还是应该去看看的。

当然，我参加这次活动的主要理由是，很多退休老师已经很久没有见到了，集体活动是一个集中见面的好机会，就为了看看这些老师，也应该走一趟啊。于是我决定参加这次活动。

这一次去茅山游览的一共 19 人，有贾平年、高国藩、朱家维、钱林森、徐有富等老师各偕夫人，还有徐天健、陆炜、王恒明、姚松、管嗣昆诸位，以及任素琴、袁路和我，佘卉作为组织者参与其中。因为年老体弱者居多，所以活动安排并不多，上午登山，下午参观新四军纪念馆。

我们乘坐旅行社的大巴前往茅山。天有些阴，不时有雨星飘过。

　　刚到茅山景区，朱家维老师就忙着告诉我，1982 年，高国藩老师率学生在茅山采风，系领导专程来看望实习的师生，那时，他来过一次茅山。朱老师年轻时酷爱体育，是健将级运动员呢。工作期间，因是做党务工作的，不免老成持重，没太见到他龙腾虎跃的一面。退休以后，他可是每天准时出现在运动场上，只是这时基本以锻炼身体为目的了。这次见他手提一根拐杖，我非常惊讶，忍不住就问，朱老师你拄拐杖啦？朱老师立刻解释说，不是不是，前不久脚扭了一下。果然，再看朱老师走路，大步流星，拐杖提在手中，道具似的，原来就像健康人买保险一样，预防而已，并不真的打算派上用场。

　　接着换茅山景区交通车进山。车在山中行驶，满目苍翠，悬崖峭壁上，藤状植物层层叠叠铺挂着，另一侧则是山谷沟壑，松柏翠竹覆盖其上。山道弯弯，峰回路转，有时眼见到路尽头了，却是一转弯又别有洞天。有人提起高老师当年"民间文学"课程在此实习，请高老师讲讲当年的茅山。高老师望着车窗外的山路，感叹地说：这就是九曲十八弯哪！

　　九曲十八弯是茅山登顶的山路，欲上山顶九霄宫，必经这九曲十八弯。可是高老师的声音里有太多的感慨。是感慨当年采风时登山不易？也是，也不是。比起高老师一生的坎坷经历，比起高老师并不顺畅的学术道路，九曲十八弯，又算得了什么！

　　生于 1933 年的高国藩老师，1957 年"反右"前夕，正在北京大学文学研究所师从郑振铎先生研习敦煌民俗学和敦煌民间文学，然后，因为一首早年的诗歌，被打成了"右派"，从此，二十二年，他在发配的地方，当过中学老师，当过校工，也养过猪，就是不能研究民间文学。但是，他心中学术的火种，即使在被批斗的时候，也从来没有熄灭过。二十二年漫漫长夜终于过去，1979 年，摘掉"右派"帽子的高国藩老师被调到南京大学，负责敦煌民俗学与中国民间文学的教学研究工作。高老师的学术生命，从中年才得以开始。而且，他选择了学术研究中最偏僻的方向，同时也是很不被看好的方向——中国巫术。一般人认为，巫术是中国传统文化中的糟粕，是应该被摒弃的。但高老师不这样认为，他说："实际上，巫术只是一种特殊的文化形态，有着非常丰富的内容。中国有五六千年的历史，巫术的历史也是如此。""巫术就是一种先民的文化，是一种民俗。"高老师觉得，这些巫术或曰民俗，是中国文化中被研究最少的部分，但实际上对中国文化的形成有着重大意义，因此需要被研究、被记录。很多巫术，其实是应该被保护的非物质文化遗产，在很多地区，既是当地的传统，也是当地的特色，是可以用来发展旅游并带来经济效益的。在被误解与被责备的日子里，高老师凭着坚定信念的支撑进行研究与写作，在这条注定是九曲十八弯的学术小道上，孤独然而坚忍地奋力前行。他用了大

半生的时间，写成了一百五十多万字的《中国巫术通史》。该
书的写作，可以说是填补空白的工作。此时车厢里的高老师稳
稳地坐在座位上，情绪很饱满。我很好奇，十几年没见高老师
了吧，他竟没变模样，细想一下，二十年前、三十年前，他也
是这个样子，岁月是这样补偿高老师的啊。有一句话说，"踏遍
青山人未老，风景这边独好"，高老师之谓也。

车在九霄万福宫停了下来，大家进去参观。我对此一向很
漠然，随喜了一圈而已。出得门来，雨点大了一些，导游招呼
大家到走廊里避雨。穿过走道，抬眼一望，对面的景色豁然开
朗，群山环抱之中，老子的塑像巍然屹立。山岚迷蒙，遥望这
位道家创始人，虽然不辨眉目，但那仙风道骨的气派令人陡生
敬意。茅山的道派其实不是因老子而立，之所以敬他，为的是
他鼻祖的地位，有饮水思源的意思。当地人认为，茅山道派的
创立者是汉代的一家三兄弟，分别为茅盈、茅固和茅衷。他们
在茅山地区乐善好施，为当地百姓做了很多好事，也创立了道
教的重要一支——上清派。为了感激和纪念他们，山民们在九
霄宫里供奉他们的塑像。还有建在茅山最高处的顶宫飞升台，
上立一块牌坊，正面刻着"三天门"三个大字，背面有"飞升
台"字样，据说大师兄茅盈在那里得道飞升，立此石坊即为纪
念。同时，人们把山名由句曲山改为茅山。

凭栏眺望之际，身旁的王恒明忽然说，1969 年他也到过此

地。那时的他是部队战士，到茅山是执行训练科目——拉练。九曲十八弯也是用两只脚板走上来的，宿营就在这九霄万福宫。只是那时这里墙颓屋摧，满目疮痍，没有一间像样的房子。茅山的道教建筑，其实有着非常辉煌的历史，从先秦时起，各朝各代都有建设，其鼎盛时期，茅山前前后后上上下下，宫观庙宇殿堂楼阁亭台坛馆丹井书院，大大小小建筑有300多处5000余座，享有"秦汉神仙府，梁唐宰相家"的美誉，被称为中国道教第一福地、第八洞天。眼前这座万福宫，西汉时期就已经享有盛名了。沧海桑田，茅山道教盛盛衰衰，几千年下来，其毁灭性的打击是抗战中日本人的"大扫荡"和"文化大革命"的破"四旧"，接连打击，终于使茅山道教灰飞烟灭、了无痕迹了。茅山道教重获新生再度辉煌，已是改革开放以后的事了。

看完万福宫、顶宫已近中午，于是下山吃午饭。山景就这样结束了？可是，那什么泉、什么洞、什么池呢？导游说，华阳洞最有名，可是还没开发好，现在去不得。

饭桌上，陆炜侃大山，讲他儿子养宠物的故事，让我听得津津有味。陆二少养的宠物很另类，是一只品种为洪都拉斯卷毛的洋蜘蛛。洋蜘蛛当然也要吃东西，当然洋蜘蛛吃的东西也很另类，是蟑螂，而且是并不产于国内而需要进口的洋蟑螂。关于洪都拉斯卷毛可以吃的蟑螂，陆二少列举两种，其一叫作樱桃红，另外一种名字太洋气，陆炜说了多遍，我很费了气力，终于记住，又忘了。有一天，陆教授奉命给蜘蛛买吃的，就是买蟑螂，去了夫子庙花鸟虫鱼市场。很不凑巧，该市场搬迁了。打听到新地址以后，陆教授又赶着前往。花鸟虫鱼倒是都有，可是谁都不知蟑螂归谁管。终于有人想到某处有一卖宠物的，建议去那里看看。陆教授又来到卖宠物的地方。这一家宠物也很怪异，是蜥蜴。蜥蜴恰巧与蜘蛛同好，也爱蟑螂，所以卖家备有蟑螂，当然主要是为买蜥蜴的人准备的。卖蜥蜴的人跟陆教授推心置腹地说，进口蟑螂有些短缺，因为当时正值一重大活动，暂时停止进口。但是再难不能难孩子，人家还是很慷慨地匀了一些给陆教授。陆教授当初接受任务时，儿子指示很明确，"樱桃红""××××"（原谅我实在写不出那个洋名字，依稀记得是 4 个音节。关于这一点我很佩服陆炜，他就记得，说得还很流畅）共 40 只，两厘米规格。教授把要求说给卖蜥蜴的人，人家挺为难，说他们习惯论斤称，1000 元一斤。教授心里也打鼓，喂这个破蜘蛛成本也忒大了！好在，小强（蟑螂）体重很轻，四五十只也只 20 多元，教授高高兴兴拿着回家了。但由于规格不吻合，比规定的大了一倍，麻烦大了：小强太强势了，洪都拉斯卷毛奈何它不得。接下来的问题是，四处乱爬很嚣张的小强怎么处理？要说，强中自有强中手，二少搞来了小强的天敌——螳螂。于是，让小强和螳螂对阵，一对一的方式。按说这时螳螂应该拿出威风：看我怎么收拾你！但是没有，一点也没有剑拔弩张的临战氛围。二少说，可能螳螂工作不愿被人看。于是一家人撤出现场。良久，再看现场，小强已不见了。陆炜认为是螳螂把小强解决了，可是我和姚松异口同声地质疑，要是小强跑了呢？我说，哪怕剩下半截呢！姚松也说，哪怕只剩两条腿呢！我这样怀疑是有根据的。我大学时一同学，边看书边吃咸鸭蛋，偶然看一眼咸鸭蛋，看见蛋里有半条蛆，另外半条不见了，她判断出少掉部分的去处，恶心得黄疸都要吐出来了。小强好歹也留下一点物证啊！再说，什么时候听说螳螂有不在人前进餐的习惯了？陆炜没有理会我们的质疑，继续生发感慨。他曾请教儿子，洪都拉斯卷毛多长时间进餐一次，回答说，三天。陆教授就有感慨了，人家三天才吃一顿！一天三顿那是人的习惯，凭什么要把人的习惯强加给动物呢？你瞧，动物园里老虎狮子肥的，人家本来一天只吃一顿的！教授对人类的自以为是很不满意。近年来，我见陆炜，每每打招呼时，总感觉他的反应有时差。这次重听陆炜神聊，觉得年轻时的陆炜又回来了。

午餐用时略长，主要为了等一个神圣的时刻——下午两点半。上午下山的路上，导游说起下午要去的新四军纪念馆，有一个传奇，就是在纪念馆碑前放鞭炮时空中会响起新四军的军号声，准确地说是冲锋号声。大家表示怀疑，于是说一定买挂爆竹去验证一下。导游说，只怕不能，中午放爆竹扰民，规定是两点半以后可以放。这说法越发地叫人怀疑，也让人心痒难耐，于是大家坚持，两点半就两点半。待到时间差不多时，我们才前往目的地。

到茅山之前，我只知道茅山是道教圣地；到了茅山才知道，茅山还是著名的抗日根据地。在我有限的军事知识里，我知道我党的军队由红军、八路军、解放军三个阶段组成，当然也知道，与八路军同时的还有新四军，著名的《为人民服务》里说得很清楚：我们的共产党和共产党所领导的八路军、新四军是革命的队伍。但是见到穿灰军装的，我本能的反应还是八路军。其实，样板戏《沙家浜》里演的就是新四军，只是并没有引起我的注意。参观了新四军纪念馆才明白，坚持在苏南抗日的队伍是新四军。1938 年夏，粟裕、陈毅、张鼎丞等先后率领新四军先遣支队和第一、第二支队来到茅山地区，在此发动群众，创建了茅山抗日根据地，并以茅山为基地东进北上，开辟了苏南东路和苏北扬泰地区，使其成为新四军东进北上南下的前进基地和战略通道。以茅山为中心的苏南抗日根据地，是中国共产党在华中敌后创建最早的根据地之一，为中国革命事业做出了重大贡献。为了纪念这段光荣的历史，句容政府特地在茅山建立了新四军纪念馆，并在抗日战争胜利五十周年时，又建造了苏南抗战胜利纪念碑。

我们在拜谒新四军纪念碑之前，真的买了一挂鞭炮，在纪念碑前面燃放。爆竹燃放时，果然有酷似军号的旋律响起。这真是太神奇了，似乎是一种神迹。虽然我们知道，这可能是由于建筑和周围环境巧合的物理原因，但是，军号声声，好像唤醒人们重新记起那场波澜壮阔的人民战争，记起先辈们筚路蓝缕艰苦卓绝的斗争事迹，记起中国人民众志成城抵御外侮的伟大精神。军号声，是警醒，是启示，也是激励。

茅山旅游结束了，心情大好。我仔细回忆一下，茅山道士没有给我留下很深印象，茅山风景也没有听说的那般神奇（当然与天气也有关系），总之，一切所见与预设并不一致。但就是开心啊，就是没有失望啊。我见到了老先生、老同事、老朋友，我听到了好听的故事，我与大家交谈或者听人交谈很舒服，于是我就开心了。是的，幸福就这么简单。

2018-6-3

一念之间

雨中黄昏最适合怀旧。

况且又是病中。

天气预报说，梅雨正在来的路上，两天后就到。可是，一清早，雨就淅淅沥沥地下了起来。

正在发烧，这病与雨也是契合得很，适合卧床。脑子一会儿清醒一会儿迷糊，思维却很固执，尽是些陈年旧事，悉数堆来，心头、眼角都是。

许志英老师往生的那一晚，我和外子大约是他在人世间见到的家人以外最后的人了。

那天我下班回来，进门就见到沙发上放着一沓纸，纸上那刚硬带些霸气的笔迹，不用看内容，就知道是许老师的。果然，外子说，下午许老师来过，坐了一会儿，才走。我有些纳闷，许老师的写作应告一段落了，以前写的随笔，已经结集准备出版，计划中的小说还没付诸实施，哪里来的文稿呢？走近一看，原来是我自己的一篇文章。外子说，许老师交代我两件事，一是《学府随笔》稿费已寄来，让我替他领取分给大家。一是把我那篇文稿按他要求改好重打一份给他。这后面一件事，让我有点想法。许老师有个外孙，其时在本系上作家班，小家伙贪玩不肯学习，要毕业了还有许多"欠账"。我的这篇文章是许老师要去替他"抵账"的。因为打印稿上有我的署名和写作日期，许老师让我把这两点改掉。我觉得这点小事，应该让孩子自己做。晚饭过后，我和外子出来散步，顺便把稿子送回许老师家中。关于分稿费的事，暑假里我已经计算了好多遍，越算越糊涂，这事其实已经给许老师说过，他大约忘了。我说换个人做吧。他说，谁合适呢？我就推荐了一个人。他说，你等等，然后进里屋，过了一会儿出来，手上多了一张纸，是中文系的便笺，上面写了几句话，是写给我推荐的那个人的，交代分稿费的事。然后我和外子出来，许老师照例送到电梯口，电梯门开了，他也跟了进来，在电梯里，他问了稿子的事，我直言不讳地说，许老师你不能这样惯孩子，他连自己抄一遍都不行吗？许老师沉默了一下，说，好，让他自己抄。

回来以后，心里觉得不太舒服，我从来没有违抗过许老师，他让我帮他做的事，我都认真地做了，干吗这次就拒绝了呢？

　　但这次不一样呀，我给自己找理由。自己写的文章给一个小孩子充当作业，如果这个孩子能因为这篇文章学到点什么，我也算没有白花力气，可是他连看一遍都不肯，许老师还由着他，我觉得许老师对孩子太溺爱了。

　　可话又说回来。我知道，许老师其实一直觉得愧对家庭。他大学期间结的婚，毕业后一纸分配到了北京，一待就是十几年，"文革"结束后才调回南京。十几年聚少离多，许师母伺候老人照顾孩子，自是诸多不易。缺少父亲关爱又处于"文革"之中，乡下的教学条件又不好，孩子的教育也耽误了。几个孩子没受到很好的高等教育，是许老师一直的遗憾。他多次谈过这事。还说本来小儿子还是有希望的，可是带来南京考学校时，因为在老家没学过英语，功亏一篑了。所以他把希望寄托在第三代身上。许老师写过自己小时候读书的故事，因为家中宠溺，不愿离家待在学校，爷爷去看他，他竟偷偷尾随爷爷逃学回家了。家里发现后，也没有责备他，也是哄着拢着又送回学校了。没有家人的耐心和坚持，只怕也就没有后来的学者许教授了。所以，许老师对待孙子的态度也是可以理解的。（我后来问过许老师孙子工作单位的人，说小孩子工作得挺好。也是亏了许老师当初的坚持，否则，一个孩子、一个家庭，可能就耽误了）

　　唉，说什么也晚了，总归已经拒绝了许老师。想到让许老师难堪了，我心里还是过意不去。外子就说我，你也是，也不是什么费事的事，较什么真呢？说得我越发不安。

次日刚到班上，就听说许老师昨日夜里走了。

如同五雷轰顶，我一下子就慌了。其时丁帆老师已经从许老师家回到系里，我对他说了昨天晚上的事。丁帆恶作剧地说，就是被你气的。看我吓得愣愣的，又忙说他是下了决心一切都安排好了才走的。

我还是不安。

我仔细追思许老师的一些往事。

清明刚过，我从外地回来，一路上见许多墓地焕然一新，白的花红的花环绕坟头，各种纸幡迎风招展，竟成了路边最亮眼的风景。也看到许多讲究的墓葬，深墙大院亭台楼阁的模样，觉得太奢侈了。我那时还没有经过离丧，对其中的人情世故社会心理都一无所知，缺乏理解，只是无知鲁莽地感慨。许老师来的时候，我对他说了见闻和感慨，他听了，并不说什么，只是"哦、哦"地应着。我能看出他其实不以为然，但欲语又止，终于什么也没说。

他越来越多地说到系里以前的一位老先生遗书中的话：生死一念之间。便是事发那天下午，又同外子说了这话。如同别的事他也会重复一样，我觉得许老师真是老了，像别的老年人那样，*爱说重话了。*

他有时冷不丁地说一句两句家中的烦难事，我不知怎么接，他便也不再继续说。

我后来听他女儿说过，许师母走了以后，他经常会让女儿陪着到秦淮河边散步，那是以前他和师母常去的地方。一次坐在一个石凳上小憩时，他对女儿说，你妈妈来了。好像真有其事，此后，他便经常去那儿，仿佛等着再见似的。

看过许老师写的《择偶记》，写自己少年时和许师母的相亲。许老师称那时师母乳名——小三子。许老师说，到"小三子"家相亲，"小三子"害羞，躲在隔壁堂姐家门后，就是不出来，只咯咯咯地笑。后来许老师走了，"小三子"出门来，一边纳着鞋底，一边目送许老师远去。许老师说，隔着一百来米，两个人看着……写这篇文章时，许老师说他们已经结婚五十三年半了。半个多世纪以前的情景，许老师写得历历目前。

许师母非常温良敦厚，江南女子，长得也美，待人热情又实在。我们以前带儿子去时，每次师母都会做一碗水潽蛋端出来。师母一生的事业就是许老师了。为他生儿育女，为他打理家务，一个家被她经营得非常温馨。在系里，许老师和叶子铭老师的两个家庭经常被拿出来比较，许老师虽然没有像叶老师那样，孩子学习成绩优异，都出国深造并留在国外有很好的工作，许师母也没有叶师母的学问好社会地位高，但许老师享受的照顾和天伦之乐，却远胜过叶老师。许师母走了以后，许老师有时便失魂落魄一般。我有一次对许老师说，别看你是家中核心，都围着你转，可是师母才是顶梁柱。许老师听了一愣，继而恍然，然后点头称是。

这样看来，许老师辞世的念头，大约也不是一天两天的了，可是他那样冷静，那样不动声色，让人几乎看不出他的情绪起伏……

但是，即便这世界让他觉得失望难耐，让他觉得生之无趣、不堪留恋，让他感到人情淡薄、世态炎凉，让他执着于生死的那一念倒向了死神……我为什么要、为什么竟然成为那最后一根稻草呢！

王彩云也走了九年了。

王彩云发病的第一个阶段，在省人医住着。开始瞒着她，说是贫血。可是怎么瞒得住呢？周围住的都是那样的病人，猜也猜得到，何况她是那样的冰雪聪明。但她不说。我想让她转移注意力，便带书给她看，又买了毛线和编织针，让她打发时间；也建议她无聊时写点东西。终于都没用处。戴子高说，她有话也不说，即便是对自己的丈夫。自己不声不响地查电脑，查了以后也不声不响。她就是这样，什么事都闷在心里，其实又明白得很。可是生病这事，装装糊涂不好吗？要知道那么清

112

楚干什么!

骨髓移植是在苏州做的,苏州的血液病治疗是全国首选。给她提供骨髓的是她的妹妹。也真是幸运,刚刚好的骨髓匹配,妹妹又愿意提供。一切是那么顺利。

可是只几个月,又复发了。谁都知道,这一次是凶多吉少了。

我去她家中给她送行时,心情是非常沉重的。给我开门的正是她,还是一脸平静,对我说,我要去上海了。以王彩云的心思缜密,以她的灵透,她会想到这是一条不归路吗?事实上,这次离开,她再也没有回到这个家了,这个倾注了她无数心血,她全力维护、无比热爱、无比眷恋的家。

女儿戴璐很小的时候,王彩云带她到单位来,一见面就感觉到小女孩很任性,稍微接触一会儿,就知道是妈妈惯的。我说,你们家第一把手是戴璐啊。王彩云笑着说是,并不以为有什么不妥,可那时戴璐多小啊。独生子女家庭,这种情况其实多见,只是王彩云的温情爱戴更细腻,更心甘情愿,连一句矫情的抱怨也没听到过。戴璐初中考上树人中学,那时我们两家都已搬到港龙,距离戴璐学校其实不远。上了中学的戴璐,要自己骑自行车上学,不让妈妈接送。戴璐是个要强又有主见的孩子,妈妈一向也不逆着她的。可是就这样放单飞,王彩云也不放心,每天便在女儿身后悄悄跟着。跟着还不能让女儿发现,

113

其实也很辛苦的。过了一段时间，我问戴璐自己骑车如何，她说还不错。我说那就放单飞呗。王彩云笑着说，不行，戴子高不愿意。我说，你自己也不放心吧。要说戴子高，也确实疼爱女儿，王彩云在的时候不说，王彩云离去的那几年，都是他一人照顾女儿，又当爹又当妈的，几年都没有续弦，一直等到女儿顺利高考后。为戴老师张罗的热心人很多，以戴子高的条件，当时也是"男神"级人物，但他选择的条件还是"女儿觉得合适"。我看到戴子高和王彩云，会想起《战国策》中的一个小故事。太师触龙向赵太后请求给小儿子在宫中安排个卫兵的位置，他说自己年迈多病，孩子没个着落走了也不放心。太后奇怪地问："丈夫亦爱怜其少子乎？"触龙认真地回答："甚于妇人。"太后争辩说："妇人更甚！"说的就是他们俩吧。

在上海的治疗其实并不顺利，除了再次移植，也没有更好的办法。但是妹妹那边，妹夫拦着，没人提供骨髓了。医生建议让孩子做匹配检查。戴璐被带到医院做检查时，王彩云知道了，她居然挣扎着跑出病房，硬生生地从医生手中抢回了戴璐。戴璐当时正长身体，刚刚抽条，越发显得单薄，做母亲的哪里舍得？王彩云又是那样的妈妈。这样，便没有了治疗手段，病情越加没法控制了。我给她打电话鼓励她，她从来不说泄气话，不管相不相信，她都不说。但后来有一次，她终于低声地说，撑不下去了。我一下子就挂断了电话，眼泪汹涌而出，再也说不下去了。

但是她不能走！她走了，这个家怎么办？孩子还那么小，怎么能没有妈妈呢？何况，她也舍不得离开她的丈夫呀。

她是那么爱她的丈夫。我曾经问她，你和戴子高又不同乡又不同学，怎么走到一起的？她含羞带笑地告诉我，自己有个姑妈，嫁在戴家那儿，姑妈给牵的线。姑妈这个月老做对了，我就从没见过王彩云戴子高这样甜蜜的夫妻。有一次王彩云打电话，大约戴子高从外地出差刚回来，王彩云上班前没见到，便在电话里交代一些事情。开始我没注意，忽然一句话飘进我的耳朵："你不是最喜欢吃粽子吗，我给你蒸在锅里了。"那声音温柔而甜蜜。我这样神经大条的人，一向以为这样柔情蜜意的语言只出现在文艺作品里，没想到从一向不爱说话看上去有些木讷的王彩云口中说出，大吃一惊，转脸向她看过去时，她还沉浸在娇羞甜蜜中，丝毫没有觉察到我的反应。这样的恩爱，让她如何舍弃！

从王彩云发病，戴子高便不离不弃地日夜照顾，在南京时还有岳父岳母帮着；到上海后，家和孩子便全扔给岳父母，教学科研都放下，自己孤身一人租房子照看妻子。有一次我打电话询问情况，说完王彩云的情况后，他忽然说，我快要崩溃了！我能理解，每天三点一线，买菜做饭去医院，医生那儿永远都是令人沮丧的消息，跟妻子只能隔着玻璃相望，看到的只是伤心和失望；回到租来的房中，除了自己没有一个活物，每天孑然一身形影相吊，饶是铁人也会崩溃的。我说，你找个人，让你哥哥或是什么人来。他说，他来了什么都不能做，找不到路出不了门，医院里什么也不懂。我说，什么都不做也行，就是听你说说话，否则你会憋死的。后来戴子高告诉我，亏了我提醒，他的哥哥去了，否则，他真撑不下去了。这样的丈夫，王彩云如何能舍弃呢！

但是，努力地撑着真辛苦！

不久上海宣告不治，便转回南京了，住在鼓楼医院，其实只是拖延时日而已。2009 年 9 月 9 日，听说她夜里又经过一次凶险的抢救，我一上班便去看她。人越发瘦了，手臂上挂着吊针，针眼里渗出血水，淡淡的粉红，那还是血吗？脸上罩着面罩，不知是吸氧的还是做雾化，有细细的水流喷出，在脸上聚成水珠。我觉得她肯定不舒服，用手指给她揩掉，她也没有反应。床边是监测生命体征和随时准备抢救的仪器。医生说她夜里呼吸和心跳都停止了又抢救过来，又说还没见过这样能撑的。我见她实在痛苦，而强忍着这样的痛苦又能支撑多久呢？如果没有那该死的白血病，如果撑过去身体便健康了，再辛苦也要撑着。可是，这样忍受痛苦还有什么意义呢？多受点罪而已。临走时，我对站在门口的戴子高小声说，太受罪了！如果再像夜间那样，就别再抢救了，听医生的吧。

　　我离开鼓楼医院回到系里，还没坐稳，电话便追来了，说王彩云已经走了。鼓楼医院就在南大隔壁，我从边门出边门进，就几分钟时间。

　　我一直怀疑，我说的话她听见了？她已经没有知觉了呀！我说话的声音又是那么的低。

　　我后来看到一条资料，说人最后失去的，才是听觉。这条资料似乎就是为了坐实我的罪愆。

　　天哪！她是那么相信我，连我都说没有意义的事，让她心里坚持的那一念，断了！生死真是一念之间！

　　我不杀伯仁，伯仁因我而死。

　　我为什么要说出那句话！

　　雨中的黄昏，天暗得早，四周的昏黄慢慢聚积起来，越堆越厚，屋子黑了……

2018 年梅雨初至

蜀　　惠

蜀惠姓张，供职于台湾东华大学，从事中国古代文学研究与教学。

认识蜀惠是在 2013 年寒假，此时外子正在东华大学做客座教授，儿子也恰在新竹读书，我便以探亲的理由去看看台湾。盘桓台湾数日中，也去了花莲和绿岛。而这两地的旅游攻略，是蜀惠制订的；到两地旅游，也是蜀惠帮助实施的。我是初到台湾，自然两眼一抹黑；外子虽说去的次数较多，但以开会、学术交流为主，来去匆匆。待的时间长的也有，但外子是书痴，有书就走不动了。像那次在台大高研院，三个月时间，哪儿也没去不说，返回时买的是下午的机票，上午还在故宫图书馆端坐，临了觉得似乎雁过无痕，有点过意不去，在关门离开研究室的一刹那，灵机一动，转身给门拍了一张照片。好在门上装有写了自家姓名的牌子，算是一个纪念吧。所以，像他这样牌性的人，到台湾去的次数再多，待的时间再长，都不可能是旅游的好向导。好在有蜀惠。蜀惠亲自驾车载我们去花莲跟旅行团，给我们绘制了详尽的绿岛旅行路线图，联系好下榻处，让我们每走一步、每到一处，心里都很笃定。旅行中，每次不知该怎么走的时候，外子便掏出蜀惠绘制的路线图，那些明确的指示、细心的叮嘱，都用娟秀的字写在纸上，这让我们轻松愉快地完成了旅游。其实蜀惠自己对这些景点也不一定多熟悉，但她宁愿自己麻烦做功课，也要给我们提供帮助，蜀惠就是这样一个古道热肠的人。

在花莲，蜀惠陪我们去了美丽的七星潭。七星潭位于花莲县新城乡北埔村。七星潭不是潭，是一个湛蓝色的海湾，是辽阔深邃的太平洋长途跋涉到这儿歇脚休憩的地方。绵延二十多千米的海岸线，形成了一百多米宽的沙滩。沙滩属于砾石滩，平整开阔，遍布五彩斑斓、形状各异的鹅卵石，这让七星潭成为花莲近郊踏浪捡石的好去处。我们去的时候，沙滩上游人并不多，没有一般旅游点的喧嚣。漫步海滩，极目太平洋无垠的深蓝，心情很好。很快，脚底下的鹅卵石就吸引我了，于是，我在回来的时候，口袋里多了几颗美丽的石头。我像显宝一样，拿给蜀惠看。岂知她一脸惊愕，问，你怎么把它带回来了？我倒觉得她问得奇怪，当初捡它的目的，可不就是带回来吗？蜀惠解释说，大家去海滩，都不会把石头带走的。你拿几颗，他拿几颗，海滩上的石头不就越来越少了吗？这道理很浅显，我应该懂的。我们从小受到的教育，不会拿别人的东西，不会拿公家的东西，不会拿不属于自己的任何东西，却从来没想到拒绝大自然的馈赠。一直以为大自然是人类取之不尽用之不竭的宝库，但看今日，因为人类的贪婪、自私，自然界已经变得不那么友好了，人类也已受到了惩罚。确实，对自然界只知索取的观念应当改变了，不加保护的行为应当停止了。蜀惠给我上了一堂生动的环保课。

在台湾接触了不少女性学者。大陆现在也是这样，高校里女教师越来越多。在文化教育等诸多上层建筑领域，女性确实顶了半边天。想想也是，这个社会本来就有一半是女人，现在不是以往重男轻女的时代，女性可以和男性一样接受良好的教育，受过高等教育的女性绝对数量不少于男性，相对于竞争更激烈的官场、商场，还有对体力要求更高的一些行当，文化教育职业确实更适合女性。但这并不表明女性在高校等环境中生存很容易。同所有男性一样，要想在高校谋得教职，一般要读书到30来岁，而这时，对于女性，结婚、生儿育女，一系列事情接踵而来，与此同时，要找工作，要出成果，也都是较劲的时候，一样都耽误不得的。所以在高校里，不婚、失婚的女性较多。这种情况，台湾似乎出现得更早。我接触的多位台湾女性学者，学术上都出类拔萃，事业也如火如荼，但生活上多少都有些缺失，焉知这不是因为事业、因为理想甚至是因为生存做出的牺牲呢？蜀惠也是如此。作为女教师，她是好园丁，是出色的教育工作者；作为女学者，她在学术领域辛勤耕耘，孜孜不倦，颇有建树；作为单亲妈妈，她比一般的母亲要付出更多。

蜀惠的女儿小字 qiúqiú。我不知是哪个字，"求求"呢，是可以的，以蜀惠那样以追求真知为使命的人，希望女儿以此作为传统，继承并发扬光大之，也不无道理，算是寄托。"球球"呢，也有可能，孩子小时候胖乎乎的，很可爱，此为象形。两个字都很好，我随便取一个，就用"球球"吧。球球后来确实继承了妈妈的志向，很争气，考上了台湾排名第一的大学——台湾大学。但我在东华大学时，她的孩子还小，正上中学。有个中学生孩子，蜀惠比别的同事多了一件事情，就是到中学义务授课。同大陆一样，台湾的中小学也很会利用家长资源，知道有学生的妈妈在高校任教，这资源不用就浪费了，可是因此，蜀惠就要格外劳累了。但是她认认真真地做，连一丝怨尤、一点敷衍都没有。她觉得教育孩子是教师的天职，责无旁贷。这态度还是令人肃然起敬的。在大陆，一般学校抓家长差，不过是让家长利用职务之便、能力之便帮些小忙，都是一过性的，即便是抓到高校教师，无非是慕名让做个讲座而已，像这样让开一门课程的真不多见，未免太托实了，大家都很忙，谁有那工夫？但蜀惠就做了。

和蜀惠聊天时，说到教育孩子，我说我对孩子要求不高，只要他快乐，做什么都行。他读书读到博士，并不是我希望他如何出人头地，而是他自己赖着不找工作，既然他觉得读书比工作快乐，那就读书。我因为自己在高校，知道读书也不是容易的事，并不比工作轻松，所以跟他说，就把读书当日子过好了，该学习学习，该玩儿玩儿，该恋爱恋爱，该结婚结婚，不要有压力。蜀惠听了我的理论，表情很吃惊，她大约从没见过如此怠懒的妈妈，自己不上进也就罢了，还这样教育孩子。其实我自己也知道，都像我这样溺爱孩子，这社会也就没指望了。但见江湖水深、竞争激烈，就想，不做弄潮儿也罢，平平凡凡过老百姓的日子，是大多数人的选择，也挺好。蜀惠显然不能接受我的观点，她不光自己拼，教育孩子也很励志。2016年暑假，带着台大学生球球，蜀惠娘俩来到大陆，有计划地跑了很多地方。和我们带孩子出去旅游不同，蜀惠不是为了放松，不是为了怡情悦性，而是把旅游作为一种学习，一种教育。她说台湾毕竟太小，会把孩子眼光、心胸局限住了。所谓读万卷书，行万里路，教科书上的山川河流、风土人情、历史沿革、人物掌故，实地看了，才会印象更深刻，掌握得更牢固，蜀惠这样做是有道理的。蜀惠和球球来到南京时，我们帮她们安排在南大仙林校区旁边的省体育训练局住下，房间在冠军楼。其时正是女排在里约奥运会上夺冠不久，冠军楼大厅布置了几位江苏籍冠军的巨幅照片，有惠若琪、张常宁和龚翔宇，个个英姿飒爽、青春勃发，看得球球热血偾张，兴奋不已。蜀惠有一个很好的习惯，就是做事之前先"备课"，这大约是做教师养成的。她把这学习的有效方法也教给了孩子。记得我们在东华大学期间，台北来了个国外著名乐团，周末有演出，蜀惠早早买好了票，准备带女儿观看。为了这场演出，球球需要做的功课是，了解清楚乐团的背景，演出歌剧的内容，作者、演员、指挥的相关情况，等等。这样，一场音乐会带给孩子的岂止是耳目之娱！同样的方法，也适用于旅游。对即将要去的地方，蜀惠和孩子会事先调查有哪些人文古迹，然后查阅文献，这些人文古迹是怎么回事，先有了文字印象，然后去实地对照印证，从而获得更感性的知识。古人云，"纸上得来终觉浅"，只有从感性上升到理性，知识掌握得才更牢固。蜀惠这样不择时地抓住一切机会教育孩子的方法和态度，确实令我挺佩服的。

　　蜀惠也是搞古代文学的，我会说这个行当的人，"入戏"太深，都有点呆。蜀惠也是有些呆性的。在台湾时，一次是从花莲回学校，顺路接回球球。球球此时正痴迷于学习编织，大约也是学校手工课上教的。蜀惠给孩子买了毛线和工具，球球一路坐在车里边不停地练习。我见老师教的方法很蠢，便交给她常用的简便方法。车子开到东华大学时，球球还不是很得要领，我便继续指导她。为了让孩子熟练掌握，只有延长学习时间，于是蜀惠开着车子在校园里一圈一圈地转。尽管东华大学校园很大，尽管蜀惠开得很慢，仍旧绕了很多圈。我开始注意力都在球球身上，后来忽然意识到，车子是在校园里不停地开着的，于是急忙说，为什么要开呢？停下来等不是一样吗？蜀惠这才恍然大悟，说，哎呀，怎么没想到？停住也是可以的呀！当然，此时车上还有另一个"呆子"，我先生自然也是想不到，车子停住并不影响我和球球的教与学。

球球上次来南京，带给我一件台大的文化衫作纪念，我恰好有文学院建院一百年时我给研究生设计的印有文学院标识的文化衫，便回赠给球球。今天在学校，见到有学生穿院庆时的文化衫，忽然就想起蜀惠来了。

2018 年春深夏浅之时

写在蜡梅花开时

清晨上班，走到文科楼前，一缕清香扑鼻，凝眸一看，果然是蜡梅开了。

蜡梅又开了！

我又想起陶芸先生了！

先生家小院内有一株蜡梅，树不大，却横逸斜出的，开得很精神。每当蜡梅花开的时候，先生就会站在树下，亲自挑选模样好的枝条，让家中阿姨剪下，然后打电话让我们拿回家去插瓶。我把一大枝梅花，颤颤巍巍地插在车前篓中，小心翼翼地骑车回家，一路招摇着，收获着路人的注目，心情一如篓中梅花，迎风怒放！

已经多年不去小院了，蜡梅花开得还好吗？

我其实一直想写点东西，尤其在蜡梅花开的时候。

一晃，陶芸先生已经走了八年了。八年了！可是，一切，就像是在昨天。

陶先生是 2004 年 9 月走的。就是那年 5 月，外子巩本栋读硕士时西南师大的老师林昭德的夫人林师母，到南京旅游，外子时在韩国延世大学客座，我一人接林师母到家。想到林师母从重庆来，而陶先生抗战时曾在那儿避过难，就把陶先生也接到家中。午饭后陪林师母去看总统府，陶先生说，总统府西院刚开放，倒是值得一看，只是她才去过，就不去了。打车送先生回家，到上海路南秀村路口，先生非要下车自己走回去，她说车到里面不好掉头，这一小段路，她贴着路边，很安全的。到底没有坚持过她。那是她最后一次到我们家了。那时，先生已经病了一段时间了，只是症状不那么明显。

知道先生生病，其实也已经有一段时间了，但是不知道是这么厉害的病。还在 2003 年 5 月，我儿子奚若即将高考，先生特地让阿姨烧几个菜，把他叫到家中，说是让他放松放松。那次先生自己吃得很少，她说没胃口，还说有一段时间了。又说让阿姨一起吃饭，阿姨不肯，这么少的饭都没法做！问她看医生了没有，说在校医院看了，胃病，吃点药而已。我们也没在意，看先生精神还好，胃病也是常见病。过了一段时间，先生到市医院（记不清是省人医还是鼓楼医院）就诊，拿了病历给我看，病历上赫然写着"Ca"。可叹我和先生都是医盲，不知道那就是"癌"！先生自己解释，她说肝上有了毛病，但是已经钙化了。她把那个魔鬼一样的符号，理解为化学元素"钙"，我也相信了。又过了一段时间，先生说准备看中医，说南师大的徐复先生就是看的中医，效果不错。这样一直过了一年多。病情比较严重了，先生的大女儿从美国专程回来了。先生走得很安详。后来听说，因为国外很尊重病人的知情权，就把真实情况告诉了先生，从那时起，先生便不再进食。她说，孩子们都很忙。

……

我其实最愿意相信的是，先生是惦念着已经故去的亲朋老友，她想念他们了，她到天国和他们团聚去了！

记得有一年新春刚过，我在先生家中，先生说起一位在美国的老同学给她寄来贺年卡，高兴之余又不无感慨，说老同学只剩下这一人了！那位先生比陶先生年长些，应是已过9秩了。我和先生开玩笑，说做先生的同学，还要做到现在，那得多耐心啊！但我还是感到了先生的落寞。其实程先生晚年也说过寂寞，因为老友故交一个个离去，无人可以对话了。

是的，最懂他们的人都走了！他们带走了曾经那么美丽的青春岁月！带走了灿烂如花的往事！

往事如花！

那是张宏生搬到玄武湖附近住的时候，请陶先生游湖，我和程丽则陪同。那次先生和我们说了好多过去的事情。记得最清楚的是，九一八事变时，先生全家在北京，她和同学一起卖花为抗日义士募捐。那时她姐姐在燕京上学，先生来到燕京大学，要姐姐买花。当时姐姐正好和男友在一起，他们给她出了个促狭的主意，让她把花卖给他们的校长司徒雷登。于是先生真的就找了司徒雷登，大鼻子校长也真的买了花。我想象当时的情景，一个天真烂漫的少女，捧着一只花篮，严肃地充满正义感地游说一位威严的校长。而眼前这位在中国第一个用庚子赔款开办一所教会大学，并亲自担任这个学校校长的美国友人，此刻放下威严，放下正在处理的烦冗的事务，来接待一个小姑娘。他满脸慈祥地从小姑娘手中接过鲜花，认真地把钱交到女孩手中。这时他心里会想些什么呢？除了义愤，除了同情，单就这个大胆天真的小姑娘，我觉得除了可爱，还能有什么呢？

往事如歌！

有一次陪陶先生走在校园里，盘桓在北大楼前。先生说起年轻时的志愿是考中央大学，没想到赶上中大的换校长风波不招生，只好进了金陵大学。先生指点着金大的旧址，沉浸在往事中。我想起曾经在哪儿看过一段文字，说沈祖棻先生上学时，附近小贩常到宿舍门前卖零食，沈先生她们住在楼上，大家经常用绳子把钱递下来，再把买的东西提上去。我求证于陶先生。先生回忆着，指点着，女生宿舍在哪幢小楼，里面房间的布局如何，沈先生当时住在哪间，小贩卖东西应该在什么位置……

随着先生的回忆，耳边就像响起先生们青春年少时的欢歌笑语，那样清澈，那样明媚，那样无忧无虑！青春真是一首欢乐的歌啊！

往事如酒！

我第一次见到陶先生是在20世纪80年代初，那时我在上大学。系主任廖序东先生请来程千帆先生给我们做讲座，陶先生陪着程先生坐在主席台上。是冬天，先生穿着一件黑呢外套，儒雅端庄。后来我知道那一次是去徐州改书稿，待了不算短的一段时间。90年代末，廖先生来南京到女儿家小住，外孙女陈孜陪着来探访程先生。恰逢两位先生外出，廖先生小坐等候。先生们回来时，阿姨说来了位老先生，好像是南师大的。及至见面时，却怎么也想不起是南师大的谁。比起二十年前，廖先生发福了，程陶二位先生又是只在南师大范围里寻找记忆，还老眼昏花的，结果相见的场面就有些冷清，找不到话题。廖先生走后，细问了阿姨，方知是故人来访。陶先生跟我说起这事时，直说简慢了老朋友，懊恼得不行。我不愿看着程先生、陶先生懊恼，也不愿廖先生心中委屈，我想，这个心结应该由我和外子来解开。我们那时住中堡，一路之隔的宁工新寓，住着廖先生的女公子廖礼平。廖礼平和夫婿陈建生都是我的同窗好友。春节时，廖先生又来到女儿家，我们把几位老先生都请来，几个家庭加上孩子们，着实热闹了一天。如今，这几位先生都已作古，可是他们的友情就像陈年的酒，历久弥香。

我曾经问过陶先生，她经历了那么多事，有些已是名人轶事，有些已是文坛掌故，很多都是珍贵的历史资料，有趣的、有价值的，那么多，为什么不写出来呢？她说也想写。说这话时正逢莫砺锋老师的随笔《浮生琐忆》出版，先生说，莫砺锋也这么说我。那时，先生心中还真有一股劲儿。可是这时已经是2003年，先生的生命已经走进尾声了。那些如花般灿烂的往事，如歌样青春的岁月，如酒似的醇厚的友情，同这些故事的主人公一起，已经走进越来越深的历史里。我想，陶先生真是想他们了。

还记得程先生过世时，先生悲痛不已。我们好些人陪在先生身旁，宽慰她照顾她。说程先生晚年的几桩心愿都已完成，学生也培养出来了，晚辈们也都挺出息，再没什么遗憾的了。先生说，遗憾是没有，只是不舍得。是啊，不舍得！我知道啊。我们都知道。南大的师生都知道。那些年，只要不是刮风下雨、天气不好，总能看到一对老人，相互扶持，蹒蹒跚跚，走在校园里。那双身影，已经成了校园里独特的风景。程先生走后，陶先生也还会到系里走走，拿拿信件什么的。每次见到她，我都会帮她办完事，把她送回去。一次走到西门口，一个卖鱼虾的中年妇女跟陶先生很熟悉地打招呼，说了一句什么话，我没在意。陶先生一下变了脸色，比较激动地说了一句什么。我很惊讶，认识陶先生这么久，见她从来都是温文尔雅、和蔼亲切，无论对什么人。缓了一下，先生告诉我，以前每次和程先生经过这里，经常会买她一些鱼虾。程先生已经走了好久了，她见面还是会问："怎么只你一个人啊?"又不好跟她说，可是心里很难受。陶先生一生坎坷，饱经磨难，晚年性情非常平和，很少大喜大悲。能让她情绪失控的，可能只有程先生了——关心则痛！他是她的生命啊！

那些可爱的人都到天国团聚了！留给后人的是无尽的思念！

蜡梅花又开了！

2012-4-26 追记

周师母　祁先生

祁杰先生是周勋初先生的夫人，我们应该称周师母。但是早年间还是称呼祁先生的多，称呼师母，已经到了祁先生退休回归家庭很久以后。

早前所以多称祁先生，主要是那时感觉祁先生更像一位先生，在她身上那种独立女性职业女性的个性很鲜明，光彩动人。尽管她回到北京西路二号新村那套南京大学公寓里，担当的也就是相夫教子的角色，尽管周先生太过盛名，南京大学又是周先生的"一亩三分地"，可就是难掩祁先生本身的光芒。

首先一点，祁先生和周先生可不是"藤缠树"的关系。

时光倒退到20世纪50年代，祁先生事业上风生水起的时候，周先生处境还很"惨"。即便是两人谈恋爱时，周先生的"条件"也不尽如人意。这么说吧，当时姑娘找对象比较看重的几个条件，周先生差不多都不及格。论政治条件，周先生非党非团；论家庭出身，是被嫌弃的破落地主；没有政治条件，设若身强体健，能干家务活，也算是女人一个依靠，偏偏周先生曾经得过当时很要命的"肺痨"，为此还休学过。若不是家里借高利贷想方设法买到了当时极其稀缺的"特效药"（就是现在很普通的链霉素。但当时此药刚刚问世，一针难求啊），已经被医院宣布不治的周先生，怕只能在家等待"二十年后又一条好汉"的结局了！肺痨这种病又是富贵病，不能出力干活还得营养好，而且说不准什么时候又复发了。这样的身体条件显然不能得高分。更别说，尽管在南京大学这样的著名学府毕业，尽管学业出类拔萃，因为家庭问题，周先生分配到北京也就是个普通职员，拿着刚毕业大学生的五十多元薪金。祁先生那时可是已经很风光了。北师毕业后即留在北师附小工作，而这个学校当时是学习苏联模式的试点学校，属于重点中的重点。工作三年后，祁先生被调到北京市教育局，负责编写小学教材，指导全市小学的教研工作。与周先生认识之前，祁先生已经晋升到讲师级别，工资 89.5 元，在当时年轻人中，是实实在在的高工资。还有一条，这要在现在，也绝对是谈恋爱的年轻人不可忽视的，就是祁先生是地地道道四合院长大的北京姑娘，而周先生住的地方却是乡下得不能再乡下了。我这样说可能有些夸张，周先生其实是上海浦东南汇人。但是 20 世纪 50 年代，南汇也很偏僻呀。祁先生六十多年以后回忆第一次去婆家的经历，还心有余悸。她说，平生第一次坐绿皮火车，一坐就是二十多个小时。人多拥挤，车还不停地靠站。每一次停站上客下客，都会掀起一个拥挤的小高潮。尽管很困乏，却无法入睡。到了南京下关，要过江，彼时长江还没有大桥隧道之类的交通，火车要"坐"轮渡。一列火车，分成三组，分别上轮渡。上岸以后再组合，组合一次，需要3个小时。及至到了浦口站，却没有发往上海的列车，须得等到次日。从南京到上海，虽说是短途，可短途有短途的窘迫，人更多，又是临近年关，回家过年的游子，大包小行李的，人人都不空手，本来就拥挤的车厢更是密不透风，空气混浊极了。短途还意味着所有小站都得停靠，所以这一段行程又是8个小时。到达上海，按说离家近在咫尺，马上可以结束旅途了，可是麻烦远没有结束，走完陆路，该走水路了。但是天色已晚，于是又停留一宿。天明以后，先到黄浦江边南码头，乘轮渡到对岸。在浦东"周家渡"换乘火车，4个小时后到周浦，下车步行至"东八灶"小码头等候机动船，至"黑桥"。下了船之后，眼前还是宽宽窄窄的河道。祁先生说她就茫然了，不知家在水的哪一方。好在婆母大人已经请人摇船来接了！听听听听，这样路迢迢水长长的，周先生还不是"乡下人"吗？至于著名教授云云，那是多年以后的事了。若论当年，祁先生嫁周先生，并且来到南京，可是需要极大勇气的。离开多少人趋之若鹜的首都北京，离开亲人，离开住习惯的四合院，"文革"中还经受了那么多的磨难，如此"千辛万苦，所为何来"？祁先生自己回答说："答案说不清楚，但肯定不是为了房子、车子、票子，是缘分，就算是千里情缘吧！"

然后，祁先生也不是靠周先生"扬名立万"的。

曾经有一次请周先生和祁先生吃饭，一同去的还有张伯伟、曹虹、徐兴无等人。文人吃饭，话比酒多，尤其还有伯伟、兴无在场。饭吃到尾声时，喝酒的人已熏熏然有醉意，说话便有些云天雾地。伯伟说，娶妻最不能找两种人，一是医生，一是小学老师。话一出口，伯伟便知造次了，但覆水难收，早被祁先生接着了。祁先生笑盈盈地说："说来听听。"席间人便王顾左右而言他了。伯伟说这话其实不是针对谁，但也是有感而发。爱酒的人喝酒喜欢尽兴，最怕有人扫兴。偏偏中国女人没有几个愿意自己丈夫一喝酒便面目全非，更且又是伤身体的事，往往充当的角色就是扫兴，其中"最不识趣"的当属医生，因为医生的天职就是让人身体健康，更不要说对自己家人。伯伟老师是追求自由的，喝酒时不光自己要尽兴，也不愿意整体氛围被打扰，因而有此一说。至于说到小学老师，这里有个缘故。作为"熊孩子"家长，大约每个人都有被小学老师训话的经历，正所谓人人"都有一本血泪账"。听陶友红说过一桩趣事。莫杞上小学时开家长会，陶友红去参加，坐在女儿位置上。同座的是位男家长。老师批评莫杞上课时随便说话，便让莫杞家长站起来。又接着批评莫杞同桌，让同桌家长也站起来。然后轮流指着两位家长来回数落。陶友红说，我们两个大人站在那儿，本来素不相识，倒好像同谋做一件坏事。我想想那场面，也忍不住偷着乐，这种因为"熊孩子"被老师拉扯成的"友谊"很尴啊！所以，作为家长，对小学老师大家心里是有梗的。其实，也不光对小学老师，对中学老师也如此。有一次周先生请大家吃饭，席间张宏生的夫人汪笑梅起来祝酒，她开口一句"各位家长"，把大家听得愣住了，唯有周师母，立马叫好。当此时也，几乎家家正好都有一个"熊孩子"在读中学，而且都在金陵中学受教。汪笑梅此时恰是金中党委副书记，她这一声"家长"算是一网打尽了。但是祁先生反应也太快了！当然，要说中小学老师云云，这话其实不该伯伟说，曾经有一次被儿子的班主任约谈，伯伟老师分分钟就把角色转换了，直接由"老鼠"上位成"猫"，儿子的小班主任倒只有接受教育的份了，还得心悦诚服。这也是伯伟老师的能耐，属于个例，一般人做不到。孩子作为"人质"在别人手里的时候，家长其实是强硬不起来的，尤其是当"熊孩子"不太争气时。所以，如若是平时，伯伟这个话题肯定会引起一番吐槽，但这次不行，碰上了祁先生。南京市最牛的小学是琅琊路小学，南京的适龄小孩家长及其亲友，人人对该校心向往之，进得了琅小的"喜大普奔",进不了的"羡慕嫉妒恨"。琅小的这份声誉当然与教师们的努力分割不开,而祁先生,退休之前就是这个牛校的执牛耳者!

1956 年,在祁先生的支持下,周先生重新考回南大,跟胡小石先生攻读副博士学位,两年后提前毕业留校任教。此时祁先生在北京市教师进修学院负责小学语文教学,已经是研究员了。为了解决两地分居,在调动问题上北京教师进修学院和南京大学打起了"拉锯战",都不放人,最后是北京市委出面,祁先生调到南京市,至此,祁先生重新回归小学教育。祁先生在琅琊路小学任教导主任时,通过调查研究,提出了"三个小主人(做学习、集体、生活的小主人)"科研课题,并带领全校师生不断探索实践,2014 年教师节前夕,该课题"小主人教育——一体化课程与教学改革探索三十年",获得了国家级基础教育教学成果一等奖。这是新中国成立 56 年首次将基础教育纳入国家级教育教学成果评奖范围,而琅小是江苏省唯一获此殊荣的小学。谈到此事,祁先生欣慰地说,38 年教学生涯,画上了圆满句号!

春风化雨,幼苗成材,这是教育工作者的独得之乐。前年年初,祁先生参加了一次非常难得的聚会,几十年前的老学生专门回来看望她这个小学班主任。现在时兴同学聚会,但一般多是中学、大学同学,小学的比较少。一则彼时年幼,同学之间、师生之间的感情体会不那么深刻；二则年深月久，同学早已风流云散，聚起来不那么容易。现在为了看望一个多年前的老师，大家聚到一起了，作为凝聚点的这个老师，幸福感真的可以爆棚了！祁先生告知我们这个消息时，抑制不住的兴奋，溢于言表。确实，还有什么比让孩子们记住更令人感动的呢？

1988 年，祁先生退休，回归家庭。对此，祁先生已盼望很久了。作为职业女性，尤其是将时间绝大部分奉献给工作的那个时代的职业女性，对孩子，对家庭，都觉亏欠太多，当然还有，对自己。

祁先生和周先生的第一个孩子周晨出生在 1966 年 8 月，孩子生下来就患有特别严重的先心病。祁先生在妊娠期间，因为输卵管炎症，医院采取理疗手段医治，十次微波射线的照射，给孩子的发育带来了致命的影响，除了眼、耳、鼻、唇，更严重的是造成心脏的畸形发育。严重的心脏病，使得孩子不能像正常小朋友那样游戏玩耍，不能和正常孩子一样上学读书。虽然后来千辛万苦总算给孩子做了手术，虽然孩子后来自学成才，有了谋生的本领，但是，他本来应该有的正常的童年幸福、正常的校园生活、更为远大的前程，终归被耽误了。尤其是在孩子漫长的求医路上，在"文革"那畸形的时间段，不许请假，不许缺席，作为母亲，祁先生无法照顾孩子，无法陪伴孩子，那种焦虑，那种绝望，加上前后几十年的担忧，一辈子的愧疚，是祁先生这一生刻骨铭心的痛。

听祁先生说过她几次死里逃生的经历，其中两次是在"文革"当中。尤其是生产周晨时，难产，手术没处理完，医生护士就跑出去议论白天毛主席在首都接见红卫兵的事情去了，结果导致大出血。生产时，出现危险时，祁先生身边没有任何亲人，亲戚家人都在外地，而此时的周先生被通知深夜两点到大操场集合，参加次日上午在鼓楼广场上的检阅，接受动员报告，整装待命，不能离开。血湿透了整张床单，祁先生连呼叫的力气都没有了，幸而临床一位产妇发现，叫了医生，祁先生才死里逃生。

退休以后，祁先生推掉外聘，全心全意在家照顾周先生。每次我们去先生家，开门的总是祁先生，然后祁先生喊："勋初——"然后是周先生趿着拖鞋，从书房中缓缓走出，一副安逸的模样。周先生晚年学术成果累累，实在离不开祁先生的帮助。

从前人说到学者教授的夫人太太是贤内助的，都会说她们如何帮助先生记录文稿，誊抄稿件。但那是以前，现在想做这样的贤内助已经不可能了。陶友红提前从领导岗位退下来的时候，我见到莫砺锋老师，说，现在你要轻松啦，陶友红可以帮你做好多事啊。莫老师问，帮我做什么呢？我说，抄稿子啊。莫老师说我自己用电脑打，干吗要抄啊？说的是啊，我把这茬给忘了。那是刚用电脑不久的事。以前文章都是用手写，一遍一遍修改后，稿纸上便乱七八糟的，要想看清楚，就得重新抄写，甚至一遍遍抄写，所以有誊写、誊清之说。有了电脑之后不用这样了。20世纪90年代初我们刚学电脑时，有一次赵宪章老师兴奋地跟我们分享体会，他说，电脑最大的好处是修改文章，不想要的可以删除，调整顺序的，可以用"块移动"插入，关键是，你无论怎么改动，稿子总是干干净净的。这种兴奋，不用笔写文章的人是体会不到的。但是电脑普及时，勋初先生已是接近古稀的年龄了，用了一辈子的笔，改用电脑，实在是太难了。可周先生不能不写作啊，这困难的事，就让祁先生做了。其实祁先生当时也算年事已高，可是，她学会了使用电脑，学会了打字，尤其是为了配合周先生需要的古文输入，她学的是最复杂最难记的五笔输入法。周先生这样评价祁先生，他说："妻子手勤，能接受新鲜事物。网络时代到来后，她又学电脑，又玩QQ和微信，居然能与时代同步。耄耋之年，用五笔字型文字输入、编辑、扫描、刻录、查询等等，她都能应付。我晚年所写的书稿，都是她在电脑上打印出来的。"祁先生可以说是周先生晚年事业上最得力的助手。陶芸先生对千帆先生也具有这样的意义。陶先生的特点是她认真记录程先生每一天的活动，事无巨细，都清清爽爽有案可稽。信件啊、照片呀都井然有序，整理保存得很好。她那种鲜明的档案意识和耐心细致的作风，不仅对程先生的工作帮助很大，对后来人研究程先生也提供了诸多便利。陶先生又写得一手好字，程先生在南大上课的讲义，竟是陶先生用蜡纸钢板刻写出来的。两位师母帮助丈夫的方式不同，但都具有奉献精神，她们都无愧于"贤内助"的称号。

周先生九十华诞庆祝活动，前前后后拍了很多照片。会后不久，祁先生即整理出来，配上说明文字和音乐，以电子相册形式在微信群里发了出来。重喜转发时说："祁先生不仅会滴滴打车，还会图文美篇。"说得没错，祁先生就是一个不断学习与时俱进的人，电子时代的林林总总，后生晚辈都不及她熟悉。一次说起某个邻居熟人，手机不会用，怎么教也教不会，祁先生都想不通，怎么就学不会呢？可是就有这样的人啊，而且还不少呢，周先生也是啊。

祁先生的文章也写得挺好。我尤其佩服她惊人的记忆力，半个多世纪以前的事情，连细节都记得清清楚楚，写来井井有条。九十岁的人了，脑子清晰得很。晚年回忆文章，祁先生写了不少。我想起有一套丛书，大概叫《双叶集》，都是夫妇合著的随笔，像黄宗英和冯亦代、黄苗子和郁风等等，都参加了。所以建议祁先生也做一本这样的书。但是祁先生不愿意打乱周先生的写作计划，终究没有做。

祁先生以前身体很差，她经历的新旧社会给了她很多磨难，那些经历听起来都惊心动魄。退休以后，除了照顾周先生生活，帮助周先生工作，祁先生自己的退休生活也安排得丰富多彩。尤其是坚持不懈的体育锻炼，像太极剑、太极拳、大雁功，每天练习不辍。除此之外，祁先生还参加了南京高校退休教师组成的"大乐天健身队"，和南大一些志同道合的朋友组成了"小乐天健身队"，学习舞蹈，组织参观、聚会，不光愉悦了身心，还强健了身体。晚年，祁先生陪着周先生出去讲学，参加各种学术活动，旅游参观，走了很多地方，在传播中华文化的同时，也饱览了世界各地美丽风光。祁先生把这些记录在随笔《风雨过后见彩虹》里。祁先生把这篇文章发给我看，我看后给师母写了邮件，由衷地说：先生和师母晚年生活，真如这篇文章题目：风雨过后见彩虹！很为先生师母高兴。先生师母这一代人，经历风雨太多，很多人没能熬到见彩虹的时候，更多人风雨过后，没有彩虹可见。因为快乐和幸福很多时候是艰辛和努力换来的。先生和师母的"彩虹"尽管得之不易，却是受之无愧。这是我对两位先生的生活经历生活态度的真实感受。真心希望两位先生健康长寿，希望他们的彩虹更加绚烂多彩。

2020 年小暑

第四札

满眼风光北固楼

　　"何处望神州？满眼风光北固楼。"位于镇江的北固山，算得上是我魂牵梦绕的地方。因为喜欢辛词，爱屋及乌，辛弃疾喜欢的地方我也喜欢。这似乎有些盲从，但并不同于眼下的追星族，北固山自有她招人喜爱的理由。

　　清明前夕，和两位同事赴镇江学习，日程安排很紧，且驻地离城又远，尽管心心念着北固山，却无缘亲近。同事之一从没到过镇江，来到跟前而不看看，就这样擦肩而过，真像撒手宝山，怪可惜的，所以心里也一直怅怅的。学习结束前考试，考完后距返程车开还有两三个小时，我们仨不约而同地想到出去玩儿，问去哪儿，还用说？北固山！

　　暮春时节的北固山，暖暖地晒着夕阳。山不高，只有五十多米，由前峰、中峰、后峰三部分组成。后峰是其主峰，背临长江，枕于水上，陡峭如削，最是好看。山上山下，前前后后，几乎被山花铺满了，姹紫嫣红，一律灿烂着。游人稀稀拉拉，多是本地人，闲闲地或走或坐，很享受的模样。山隔壁是一风筝专卖市场，高高飘荡的风筝，仿佛再三诠释"儿童散学归来早，忙趁东风放纸鸢"这一古老诗歌的美好意境。因被山隔着，平添了野趣而无喧嚷之苦，真好。

进得山门不远，有一石刻，名曰"试剑石"，历史就从这儿一下子被拉到了千年以前的三国时期。传说孙权、刘备曾借此石各卜心事，若剑起石裂，则天下为己所得，试剑的结果据说是各各如意。试剑石的东边，依次可以找到太史慈和鲁肃的墓地，这两位同样是三国时期东吴的要员，死后就葬在北固山上。现在的坟墓已经是后建的了，原先的早已毁掉。尽管如此，镇江人对曾经在这块土地上叱咤过的英雄的缅怀之情，应该是真切的。鲁墓坐落在山花丛中，正好借花献佛，我拔了一束蓝莹莹的野花，献给了这位尽为别人的事而难为自己的老实人。北固山上的主要建筑，是刘备招亲的地方——甘露寺。寺里塑有蜡像群，是刘备招赘东吴的场景。说的是当年刘备向东吴借得荆州立足，却迟迟不愿归还，害得担保者鲁肃来回跑冤枉路。周瑜遂设下美人计，同孙权商议，以其妹孙尚香做诱饵，引刘备过江以杀之。诸葛亮将计就计，命赵云怀揣三条锦囊妙计，保主过江，而后携带孙夫人平安归来。民间流传甚广的"赔了夫人又折兵"的俗谚，就是为此事讥笑周瑜的。也是根据这段故事改编的京剧《龙凤呈祥》，至今还活跃在戏曲舞台上。眼前这些栩栩如生的人物造型，似在无声地诉说着过去，那温情脉脉的粉红纱幔，当年可是隐藏了腾腾的杀机，念此不由得使人感慨万端。甘露寺背后还有多景楼、临江亭，此即辛词中反复提到的北固楼和北固亭。这两处也都与孙刘两家的故事有关。多景楼始建于唐代，两层建筑，回廊四通，面面皆景，与洞庭湖上的岳阳楼、武汉的黄鹤楼并称万里长江上三大名楼。正是在多景楼上，孙尚香第一次窥见夫婿刘备，多景楼即名为梳妆楼、相婿楼，那是少女的梦开始的地方。北固亭在多景楼东边，是一石柱方亭。刘备病逝于白帝城后，被哥哥骗回娘家的孙夫人闻讯悲痛欲绝，来到临江亭设奠望西遥祭，而后投江自杀，临江亭于是又被后人称为祭江亭，为这对政治夫妻的故事画上一个句号，然而却没能止住吴蜀两国的纷争。从相婿楼到祭江亭不足百步，但是走完了一个女人的一生。

北固山风光壮丽，景色宜人，历代诗人墨客在此流连忘返，也因而留下了千古不朽的文化瑰宝，诸如米芾的手迹，许浑、沈括、苏轼、辛弃疾的诗篇，等等。当年徜徉在北固山旖旎风光中的人物，如今成了旅游观光者眼中的风景了，他们给北固山涂上了浓浓的文化色彩，更增添了厚重的历史内容。立在辛弃疾诗碑前，遥想幼安当年，满怀壮志、一腔忧思，只能对着北固山诉说。然而"把吴钩看了，栏杆拍遍"，也"无人会，登临意"！他渴望像"年少万兜鍪，坐断东南战未休"的孙权那样，建功立业，一句"生子当如孙仲谋"，道出了他的人生坐标；而面对偏安江左的南宋小朝廷和庞大的主和派势力，他只能向浩浩江水发问："廉颇老矣，尚能饭否？"抒发壮志难酬、岁月蹉跎的悲愤和无奈。

"千古兴亡多少事？悠悠。不尽长江滚滚流。"历史的演进，人物的更迭，曾经在北固山上演了多少活剧，而今都被关在山门里头，让这尺寸之地承受了过重的历史积淀，也因而使游人染上浓得化不开的惆怅，以致离开了北固山，情绪还沉浸在历史风云之中。

2004-4-15

七彩云南

天　梯

出了昆明长水机场，乘面包车前往蒙自。一路虽是高速，然两岸群山连绵，没有尽头，正所谓一山放过一山出。山巍峨崇高，阻断目力，看不到的山那边令人遐想。途中两次休息，问当地人，陪伴了我们一路的山是什么山，都说不出名字。或言之，就叫"西山"，因其山的方位在西边。当地人说，祖祖辈辈生下来就面对这山，不知山那边是什么样子。听得心中无端发闷，像被大山堵着，喘不过气来。生平没见过这么大的山，江苏的山与之相比，真像小泥丸了。邻省安徽山不少，也玲珑许多。而山东泰山顶着"天下雄"的桂冠，则是因为独立平原，周围无所比附而已。想云贵高原，便是这些崇山峻岭铺垫起来的。

　　我还是好奇，到红河学院，问了对此有研究的人，终于知道，是哀牢山。哀牢，我沉吟着，这两个字，无论是读音还是字形，都让我产生那么强烈的疏离感，因为心理的距离而产生巨大的时空距离，似乎穿越到了遥远的南诏、大理国时代。从洪荒时代走来的先民，世世代代走不出大山的山民，我对于他们是那样生疏，由生疏产生了哀怜，我不知这贫瘠落后的大山，怎么养活他们。

　　联合国教科文组织亚太地区的负责人理查德，有一天来到了云南省元阳县，当他看到哀牢山密密匝匝层层叠叠的梯田时，他惊呆了！后来他对别人说："我一见到它，魂好像都丢了！"他说那"简直是人与自然高度和谐的典范"。很见过些世面的加拿大摄影师毅·亨利，闻其名而专程造访元阳梯田，看过之后感叹："世界上再没有一幅这样好看的油画！"

　　诚然！元阳梯田当得起这样的美誉，看过哈尼梯田的人没有不被其震撼、没有不为之感动、没有不陶醉其中的！

　　元阳梯田又称哈尼梯田，它是哈尼族人世世代代的杰作。远在千百年前，红河畔上的哈尼族先民，为了生存，在重峦叠嶂沟壑纵横的哀牢山上，筚路蓝缕，垦山造田。他们随形就势，因地制宜，在坡缓地大处开垦大田，坡陡地小处耕作小田，甚至连沟坎石罅也不放过。所以，开垦出的田块，大的有数亩，小的只有簸箕大。清嘉庆《临安府志》这样记载：哈尼族人"依山麓平旷处，开作田园，层层相间，远望如画。至山势峻极，躡坎而登，有石梯蹬，名曰梯田。水源高者，通以略杓，数里不绝"。大大小小的田块连缀成片，终于蔚为大观，往往一面山坡上就有成千上万亩！今天我们看到的哈尼梯田，规模宏大，气势磅礴，从山脚到山顶，累计近两千级，连绵纵横，层叠交错，方圆有几十万亩。哈尼梯田的造就，绝非朝夕之功。它是哈尼人世世代代前赴后继持续不断辛勤努力的结晶，是时间、力量和精神共同打造的作品，自然也是"人与自然高度和谐的典范"。从这个意义上，说哈尼梯田是空前绝后不可复制的，一点也不过分。

我们是冬季来看哈尼梯田的。此时一年一熟的稻子已经收割，稻田被重新修整过，已经放上水，静待来年播种，孕育新一代生命。这时的梯田，仿佛刚参加完一场盛大的演出，才脱去金色的华服，此刻静静地躺在浅水中小憩，一如处子般恬静。亚热带明丽的阳光照耀着，水面闪闪发亮，虽隔得很远，但有些刺眼，尽管已是岁末。

东道主说我们这时看梯田是来着了，因为收割了庄稼以后，梯田恢复了本色。没有绿色黄色的遮盖，黑褐的梯田确实极富立体感，犹如木刻、版画、雕塑，坚定而稳固，静穆又生动。而在阳光、空气和水的作用下，田中升起的岚气，像雾，像纱，像梦，朦胧迷离，梦幻神奇，是一种直抵人心的感动。但是也有人说，还是春夏两季好：那时的梯田，漫山遍野皆绿，恣意泼洒着青春的颜色，张扬着生命的原动力，是青绿山水画，是青春圆舞曲，是对生活热情的召唤，是对生命诚挚的礼赞，由不得你不热爱它。当然，还有偏爱秋景的：梯田的秋天是油画，弥望的都是金黄！金灿灿的阳光普照，飒飒的金风飞舞，大块大块的金黄，把整个梯田都染遍了浸透了，从天到地，浑然一色。而那些黄澄澄的稻穗，更是把金色的希望一直送到哈尼族人的心上。

他们的话，我都相信。因为哈尼梯田，就是这样一个梦幻而神奇的世界！

因为哈尼梯田像神迹一样不可复制，我便隐隐有些担心。在迅速城市化的过程中，我知道很多年轻人抛下生养于斯的热土进城了，知道很多古老的村庄悄然消失了，便担心哈尼梯田的命运。梯田耕作起来实在是不容易，地块大大小小高高低低，无法利用机械，全部仰仗人力。窄且滑的田埂，人走尚且不易，牲畜可不可以借助，我也不敢想象。以往唱台湾校园歌曲，有"赤足走在窄窄的田埂上，听着脚步噼啪噼啪响"的句子，觉得大有意趣。但身临其境，想象挑着满载的担子，或是拉着不听话的耕牛，可能也走不出潇洒和精彩来。况且，梯田也只能种水稻，还是一年一熟，所以哈尼族人的日子辛苦却并不富足。走在大山深处的寨子里，还能感受到宁静原始的农耕社会的气息，沿途零星散见一些山民或牵牛劳作归来，或背负砍柴倚着路边山石歇息，他们的生活与大山之外很有些距离。我是既希望哈尼梯田能保持世外桃源的古朴，又希望哈尼人民享受现代文明，这似乎挺矛盾。我把我的担心告诉了东道主，他们说，哈尼梯田在 2013 年已经被列入世界遗产名录，被重点保护起来。处于元阳县的哈尼梯田，已经开发了三个风景区，分别是坝达、多依树和老虎嘴。游客可以在这儿眺望梯田，欣赏千古奇观，但不破坏梯田。而旅游业的发展则让山民们的生活得以改善。我看到，尽管冬季是旅游淡季，但仍有不少观光者，几个景点车辆、游人都络绎不绝。更有不少专业摄影师、画家专程过来采风创作。他们往往在此安营扎寨，景点中那些角度好视野佳的地方大多被他们提前"占位"，他们在等候最佳时机，比如日出、日落的时候，等到最佳景致，创作最满意的作品。

返程时天已尽黑，峰回路转，车子在山路上蜿蜒。我向窗外眺望，每一个黑漆漆的山头上，都有璀璨的星星闪烁，感觉星星像坠落了一般，离地面很近。似乎是树上的果子，伸手就能采几颗；更像田里的瓜果，可以直接捡起来往篮子里装。我便觉得如同仙境一般。

从远古走来的大山深处的山民，创造了千古奇迹的勤劳智慧的哈尼族人，真心祝愿你们，生活像哈尼梯田一样阶阶升高，如仙境一般富足美好！

2016-11-20 续完

云南味道

过桥米线

从前，有个书生，当然，是云南的书生，他住在红河蒙自的南湖。他和其他所有的书生一样，天天读书，连吃饭都得人伺候，每顿饭要送到跟前。但是他读书的地方离家有些远，远得他妻子每天送饭要走很多路。这还不是主要问题，问题在于每次饭送到时，热的就变成凉的了，而这很不利于书生的健康。大概冷饭吃得久了，书生肠胃有些受不了。书生的妻子是个聪明的姑娘。她有一次给书生送了鸡汤米线，因为鸡汤放得比较多，宽宽的鸡汤里厚厚的鸡油把米线覆盖在底下，这次书生吃到了热腾腾的米线。不用"脑补"也能猜到，书生很高兴。后来书生的妻子就如法炮制，这样书生天天可以吃到热米线了。书生吃热米线的结果是他考中了状元！这"军功章"也有他妻子的一半，于是，姑娘做米线的方法就广为流传了。因为姑娘每次送饭需走过一座小桥，人们便把这种米线叫作"过桥米线"。

过桥米线种类很多，据说只在蒙自，一个月吃下来，可以天天不重样的。

过桥米线，汤好，是第一要义。首先，一定是高汤。云南民族大学一个老师告诉我说，米线的高汤是用猪腿筒骨慢火细熬，然后加牛腿筒骨熬，再加鸡继续熬……光是这许多食料，用这样长时间，食料下锅还要排列有序（次序似乎不可改变），我想，如此复杂，再不好吃是不应该的了。而且，汤一定得是宽汤。初去云南吃米线的人，都会为必须浪费大半好汤而惋惜，但是没有办法。汤的这两种特点是为了保证配菜和米线的再加热，具有和火锅类似的功效。其次才是米线。米线制作过程从略，因为我看到的都是米线成品。米线有红米线和白米线之分。在云南，一般粳米做饭，糯米做糕、汤圆之类，磨面用籼米。做米线的米面则是粳米和糙米混合制成的。红米线相较白米线，似乎就是颜色的区别，口感差别好像不大。米线一般都是煮熟后分装在碗里，吃的时候随便拿，丰俭由人，只付一碗汤钱即可。我说的这种情形可能只限于蒙自，别的地方没看到。而在大理，作为火锅材料的米线，一小团的价格是 8 元。最后是配菜。配菜的种类是说不尽了，基本是什么都可以，蔬菜、肉、蛋均可。

过桥米线可以吃得隆重，也可以吃得简约。简的时候，简直是方便食品，街头巷尾百姓餐桌处处可见，小吃店里一张小方桌上可以趴上好几个人，有汤有米线有浇头就可以。隆重的时候，米线确也可以登大雅之堂的。米线正宗的吃法极具仪式感：一大碗（也有盆、土罐）高汤，一小碗（或数碗）米线，一盘配菜；需要长时间煮熟的食材已事先放在汤里煮熟，像牛羊肉、鸡鸭腿等（我还吃过兔子肉、猪脚爪，不过猪脚爪被我省略了）。至于蛋类，因是生的，要自己敲开蛋壳，把蛋液放到汤里，蔬菜也如此，顺序是蛋类先放。汤的温度极高，一会儿工夫，这些东西就都熟了。然后才是放米线。米线不能径直倒到汤里，免得溅到自己烫伤。正确做法是用筷子挑起，慢慢放入汤里。米线从小碗挑到大碗的过程，叫过桥（我疑心"过桥米线"的"过桥"含义由此而来，大约与什么书生没有关系）。当你的米线"过桥"时，如果旁边有人凑趣地来一嗓子"过桥了"，便觉得喜兴、隆重，似乎还有被祝福的感觉。

　　过桥米线是云南人的最爱。一日三餐，都吃米线可以，要有一天不吃，便像没见到亲人一样地惦念。云南人离开家乡久了，最想念的家乡味道，就是过桥米线。

竹　　虫

　　云南味道当然不只是过桥米线。我在看《舌尖上的中国》时，印象很深的是一种叫"竹虫"的竹节小动物，色白，两三厘米长。当地山民沿着曲曲弯弯的山路，在莽莽竹海中找寻竹梢发黄的毛竹，然后用锋利的砍柴刀剖开，便可在竹筒内觅到一窝窝蠕动的竹虫，一只只捡出即可。通常一棵竹子的收获似可盈握。这种竹虫专门寄生在竹筒内吃嫩竹，从竹尖开始，一节一节往下吃，最后便藏在根部筒内，不再吃东西，等待蜕变成蛹。竹虫停食在每年11月左右，这是捕捉的最佳时机，晚了就变成蛹了。竹虫富含高蛋白，是餐桌上的一道美食，当地人会用来待客。我听到过类似的有江苏赣榆等地的"名菜"油炸豆丹。"豆丹"据说就是生长在豆叶上的虫子。村民家中来客，往往临时挎只篮子，到庄稼地里，随手捉上一些，拿回家中，处理一下，就变成盘中物了。这听起来多少有些像传奇，可与竹虫两相参照，似乎又像真有其事。我们在元阳吃饭时，餐桌上就有一盘油炸竹虫。这种爬行类软软的虫子，我一向是惧怕的，但这次竟没有畏惧感。大约是央视的纪录片铺垫很久，片中解说词又很有魅力，被煽呼起来的勇气加上好奇，当然还和竹子本身给人的高雅清洁印象有关，总之，我的筷子伸向盘中时没有太多的犹疑。油炸以后的竹虫，焦香松脆，还挺好吃的！我把照片发到朋友圈中，我姐姐说："像化肥养大的蛆虫！"太煞风景了！我一下就想起上大学时，外语系的徐华，吃晚饭时边看书边吃馒头，以咸鸭蛋佐餐。看书间歇偶看一眼咸鸭蛋，发现半条蛆虫，另半只不知去向。接下来是，她的好友我的同学耿超英架着她，在操场上溜达了半夜，黄疸都吐出来了！从云南回来以后，我查了一下百度，发现竹虫还有两个别名，一"竹蜂"，一"竹蛆"！叫"竹蜂"是可以的，叫"竹蛆"则万万不可！我这样想。不过，以我这样过敏，也还不能把竹虫等同于竹蛆！

烤 豆 腐

"煮豆持作羹，漉菽以为汁。"建安时曹子建的七步诗，本意是以豆和萁比喻手足之情，哀求哥哥不要相煎太急。但"漉菽以为汁"，却说出了磨豆腐的一半过程。磨豆腐，需选上好的黄豆，洗净，浸泡，待豆粒吸饱了水分，用石磨磨成糊状。石磨有两种。一种是锡剧《双推磨》中的那样，由两人操作，一前一后，前面的掌握方向，并向磨眼里投放豆子，后面的则负责发力让石磨转动。这种磨不能太大，以圆的直径不超过成人手臂长为原则，否则没法操作。另一种石磨北方较多，可以比较大，一人或两人推着转圈，向磨洞里投放材料的，可以是推磨者，也可以专人做，需配合默契。也有借用畜力的，经常担当这一任务的牲口是驴。驴在拉磨时，要把眼睛蒙起来，不知为什么。是为了防止头晕？连续转圈头晕，是人的体会，难道是推己及驴的人道主义措施？不得而知。也可能是为了防止驴偷嘴，果真这样，就说不上慈悲了。但奇怪的是，蒙上眼以后，并不妨碍驴正确行走，这一点，人做不到。豆子磨碎后浆状的

158

东西经过滤放到锅里煮，煮熟后可以食用。建安时吃的大概就是这个了，也可能他们并不过滤，连豆渣一起吃掉。煮开的豆浆，添加卤水或石膏，也有地方用草木灰，浆状的东西便凝固，这一阶段可以吃的成品叫豆花、豆腐脑。如果进一步深加工，挤压掉水分，就做成了豆腐。根据水分留存的多寡，分别是嫩豆腐、老豆腐、豆腐干……云南制作烤豆腐的豆腐介于老豆腐和豆腐干之间。烤豆腐的做法，是将已做成的寸许长、半寸厚宽的豆腐方块，放到铁架上炙烤，烤熟后佐以调料食用。一般都是现场加工。最常见的，一张矮腿方桌，靠一侧凿一方洞，装一排细铁棍，铁棍间隙以不漏掉豆腐块为宜。桌底有木炭火盆，方豆腐放在铁架上。经营的人坐在装有铁架的一侧操作，用餐的人就围着方桌，要一碗米线，加几颗烤豆腐。豆腐是边烤边吃，吃不完的可以退掉，不算钱。在云南到处都有这种烤豆腐方桌，可以出现在饭店，也可以在街头巷尾。卖烤豆腐的基本是女人。女人在经营的同时，一般都会带着针线，忙里偷闲地做上几针。最常见的针线活是绣绣片。彝族、哈尼族、纳西族的服饰，没有不装饰绣片的，通常衣袖、裤腿上都有。至于围兜、婴儿的褓褓等等，到处也都用。这些美丽的绣片，都是勤劳手巧的女人偷空做出来的。云南少数民族妇女真是勤劳，在旅游点兜售纪念品的女人，没有手里是空着的，游客多的时候经营，没人时便绣花，一刻也不闲着。从大理往丽江去时，一大清早，接客的中巴就到了，走街串巷钻了几个胡同，把要接的游客都接到，然后送到班车点。开车接人的是个胖胖的中年妇女，干练得很有些"女汉气"。停车等待班车的时候，很自然地从包里拿出一块绣片，斯斯文文地绣了起来。很颠覆呀！

手撕干巴

附带再说一样美食：手撕干巴。我对这种食物不很熟悉，但吃起来觉得还好，也说两句。我理解，干巴就是干牛肉；手撕干巴，就是油炸干牛肉。我说得这样轻松，民族兄弟大概会很生气的，因为，干巴做起来很不容易。要选用毛色光滑、肥瘦均匀的菜牛宰杀，取上好的精肉切成条状，抹上盐、辣椒、花椒、八角、草果面等作料，再用酒腌渍一两天，然后用竹签穿起来，挂在灶房或火塘上方熏烤，待水分蒸发完，收存起来备用。干巴在当地的一种吃法是，用木甑蒸熟或用芭蕉叶包裹起来放到火塘灰中焐熟，和姜、蒜、辣椒一起放到木臼内舂碎成肉末，据说异香满口，味道独特。我们吃得没有这样复杂，就是把熏制好的干牛肉条油炸。套用一句老话：味道好极了！

云南好吃的东西很多，我不是吃货，更不是美食家，介绍起来比较勉强。真想知道云南味道的，自己去一趟吧！

2015-12-26

在蒙自，寻访西南联大

　　1937 年的中国，半壁江山在日寇的铁蹄下遭受蹂躏，偌大的华北，已经放不下一张安静的书桌。北大、清华以及天津的南开三所大学，遂组成西南联合大学南迁，一路辗转，终于 1938 年 5 月 4 日在昆明开课。而其文学院、法商学院，却迟至 8 月才到昆明与其他院系会合。中间这段时间的这两个学院去哪儿了呢？其实，1938 年的历史，选择了蒙自。

　　蒙自是云南省红河州的一个小城，地处珠江与红河分水岭两侧，与东南亚国家毗邻，滇越铁路从其境内穿过，北距省会昆明不足三百公里。特殊的地理位置，使蒙自在云南近代史的发展中走在了前列：这里曾经是云南省对外贸易的重要口岸，全省80%以上的进出口物资从这里转运，因此，中国第一条民营铁路出现在这里，云南省第一个海关、第一个电报局、第一个邮政局、第一个外国银行、第一个外资企业、第一个驻滇领事馆、第一个火车站……都诞生在这里。1938 年的战火此时还没有烧到这个边陲小城，宁静的环境，便捷的交通，使得西南联大选择校址的眼光，投向这里。

　　由于西南联大在昆明的校舍不够，于是在蒙自设立了分校，文学院和法商学院进驻蒙自。蒙自分校的校舍，今天已经不复存在，在昆明云南师大的校园里，还保留了西南联大当日一间铁皮屋顶的教室，可以窥见联大当日办学条件的简陋。雨天，雨点打在铁皮上如走珠一般叮咚作响；如果是骤雨急降，噼里啪啦的声音，往往盖过了老师讲课的声音。这个时候，学生只有埋头自己看书，或者，就只有听雨的份儿了。但是尽管条件艰苦，联大师生们工作学习的劲头可一点没减。

在今天作为联大蒙自分校纪念馆的当年的法国奇胪士洋行，我们看到了那时联大师生的住所。奇胪士洋行为两层建筑，楼下做男学生宿舍，楼上住着十多位教授。闻一多先生就住在二楼。

此前，在从北京到昆明的大转移中，闻一多先生参加了由身体健康的学生组成的步行团，历时六十八天，横跨湘黔滇三千多华里，一路颠簸，来到蒙自。到了蒙自，闻先生抓住这难得的"静而美的环境"，一头扎进象牙塔中，研究、写作，终日伏案，不是上课、吃饭、如厕，连楼都不下。同住在二楼的郑天挺教授对闻先生说："一多啊，你何妨一下楼呢!"旁边的几位教授也说："是啊，你何妨一下楼呢!"这个故事后来在联大师生中流传开来，"何妨一下楼"成了闻先生的雅号了。在闻先生当年的住处，现在有个标牌，就叫"何妨一下楼"。

蒙自有一个特别清幽的所在——南湖（南湖现在可不清幽了，周围盖满了建筑），具有传奇色彩的云南米线的传说故事，便发生在这里。湖水明澈，风景幽雅，是师生们上课之余都爱到的地方。大家在这里或读书，或讨论，或吟诗作赋。爱好文艺的一些同学发起组织了一个诗社，就以"南湖"命名。诗社经常把各人的诗作、散文以壁报的形式发表出来，这个壁报，便是南湖诗社的刊物——《南湖诗刊》。诗社经常举办诗歌讲座，请教授们做讲演。闻一多、朱自清、罗庸诸位先生常在被邀请之列。在流亡的日子里，诗歌是抚慰心灵的药，更是参加战斗的武器。南湖诗社产生了许多脍炙人口的优秀作品，更培养了一批著名的诗人。

在蒙自的一条街上一家老商号的院子里，我们找到了陈寅恪先生在蒙自时的故居。房屋已经比较破败了，二楼的房间也无法真正上去，只能在院子里凭吊而已。但是陈先生在蒙自留下的诗作，不会因为岁月的磨蚀，而光芒消逝。

蒙自南湖

陈寅恪

风物居然似旧京，荷花海子忆升平；

桥边鬓影犹明灭，楼上歌声难醉醒。

南渡自应思往事，北归端恐待来生；

黄河难塞黄金尽，日暮关山几万重。

民国二十七年夏

菘岛上作

家国命运，风雨飘摇，前途渺茫，忧思忡忡，即便身处桃源，但仍心系家邦。

联大蒙自分校的女生，住在周公馆。周公馆位于蒙自城东，是一幢带有围墙的楼房。房主周伯斋，一位富商，当时住在昆明，蒙自的房屋闲置，学校便租了一部分作为女生宿舍。每当夜晚来临，昏黄的烛光灯影摇曳飘忽，身处异乡的女孩，思家乡想爹娘，担忧国家命运、自己前途，往往夜不成寐。多少不眠之夜就是在听着窗外风声中度过。这幢见证思念忧愁的小楼，被女生们称作"听风楼"。

西南联大蒙自分校存在的时间并不长，从 4 月建校，到 7 月学期结束，总共不足半年时间。8 月以后这块地方让给了柳州航空学校，联大的文学院和法商学院返回昆明。迁校的事务工作，由中文系主任朱自清先生负责。朱先生把一批批师生亲自送到碧色寨车站，安排他们坐上火车，再返回蒙自学校。来回往返，不厌其烦。一介书生，一个能把散文写得那么清秀隽永贮满诗意的文人，处理起繁杂琐碎的大小事务，竟然细致周到，井井有条，也真难能可贵了。

尽管联大在蒙自时间很短，给蒙自带来的影响却是划时代的。联大师生在蒙自，不仅宣传抗日救国的爱国主义思想，传播反帝反封建的革命精神，更让蒙自成为历史上中国文化的一个高度传播点，从而对蒙自的文明进步起到了巨大的推动作用。

她开化了蒙自封闭的社会风气，改善了落后的公共卫生，使男女同校的中学得以建立。同时，直接影响了当地年轻人，追寻联大师生的足迹，北上昆明报考联大。联大毕业生也源源不断地进入蒙自，提高了当地的教育水平，输入了进步的思想理念。从这种意义上说，联大带给蒙自的影响，又是源远流长生生不息的。

2016-5-5

"吾道南"

张勇、刘湘兰、傅宇斌，都是南京大学中文系的研究生，与外子有师徒之分。如今一在红河学院，一在中山大学，一在云南师大。张勇研究中国小说很有心得，红河学院为其著作《中国小说古今演变研究举隅》专门举办了研讨会。为一个青年学者、为一部学术著作举办专门研讨会，这在红河学院尚属首次，即便在全国，也很少见。因这次学术讨论会，大家在红河学院相聚了。

刚到红河学院那天晚上，恰逢学校第五届水灯节。水灯节在东南亚是很隆重的节日，尤以泰国为盛。泰国的水灯节于每年泰历 12 月 15 日（即公历 11 月 15 日）举行，按照泰国民间风俗，每到这天晚上，家家户户都带着制作精美的水灯来到河边，诚心祈祷河伯把水灯连同心愿呈献佛前，以消灾纳福。有情男女，更望红绳紧系，地久天长。这一风俗，老挝、柬埔寨也很盛行。红河学院东南亚留学生很多，每到水灯节便举行活动庆祝。白天经过校园时，便见到很多学生在忙碌，搭台子、圈场地、拉横幅，不亦乐乎。到了晚上，才知道有晚会演出。学生得知有远道客人，更增添了兴致。整台晚会从主持到表演，几乎全是留学生，而且用汉语表演。所以从某种意义上说，演出也是学习成果的检验。听着留学生们或圆熟或不那么流利的汉语，看那一张张热情的青春脸庞，觉得世界就像一个地球村一样，亲朋好友欢聚一堂其乐融融。演出结束后，又一庆祝高潮迭起——放水灯。水灯都是留学生亲手制作，状似莲花，花心置放一根小小的蜡烛。花灯放在一块泡沫小平板上，轻轻放到池塘水中，一盏盏寄托美好心愿的水灯，缓缓地越漂越远，不久池塘中便闪闪烁烁汇成一片了。

　　同东道主一起吃饭时，说某某老师来不了了，听其原因，是要主持读书会。读书会是雷打不动的，所以只好抱歉了。张勇说，他今晚也有读书会，因为老师来了，只好请假了。红河学院并不是很著名的学校，因为地处偏远，和国内一流高校甚至还有不小差距。但在不那么优越的条件下，他们自强不息，努力做好工作，其精神很感人。说起读书会，是张勇毕业回来组织的。他说在校读书时，觉得读书会很好，回来便也组织了一个，已经十几年了，坚持到现在。让他没想到的是，如星火燎原一样，读书会竟然开枝散叶，在学校里蔓延开来，在文学院更已经蔚然成风了。前面说的那位老师，是参加张勇读书会的一个体育老师，后来他自己又组织了读书会。在人们普遍深受网络诱惑远离阅读的时候，还有人坚守一片精神净土，着实让人感动。

第三日，我们告别了蒙自去建水，当然，是吃了云南米线以后离开的，这次吃的是土罐兔肉米线。

建水是张勇的老家，他的高中在建水一中，有三年时光，他是在建水城里度过的。建水是一座历史名城，古称步头，亦名巴甸。

唐南诏时筑惠历城，汉语译为"建水"，隶属于通海都督府。宋大理国时期属秀山郡阿白部。元时设建水州，明代称临安府。清乾隆年间改为建水县。建水保存了大量的儒家文化的古迹。如果说，因为滇越铁路的铺设，蒙自这个边陲小城因之崛起，从而在云南近代化过程中显示了自身的价值和地位，那么，建水则更多地体现了传统文化的濡染和浸润，处处散发着古老汉文化的气息。

闻名遐迩的建水文庙，始建于元朝至元二十二年（1285），至今已有七百多年的历史。经历代五十多次扩建增修，占地面积已达一百一十四亩，它的现存规模、建筑水平和保存完好程度，都仅次于山东孔子家乡的曲阜孔庙和北京孔庙，在全国大型文庙中名列前茅。新中国成立以后，文庙一度成为建水一中校址，张勇也因此在这里学习三年。现在一中已经迁出搬到新的校址，文庙的本来用途正在恢复。徜徉在建筑物繁复的文庙中，张勇故地重游，熟悉地为我们指点每一处建筑在第一中学时代的用途，包括他用过的教室、操场、级任老师的办公室等等，很有代入感，让我第一次感觉到古老建筑与现代生活结合得如此紧密，而去除了本该有的陌生、神秘感。

建水境内还保存了很多寺院，其中比较著名的有指林寺、燃灯寺、清真寺和云龙山寺等。位于城内建中路的指林寺，因为靠近文庙，我们得以近观。在建水有"先有指林寺，后有临安城"的说法，可见其历史悠久。据碑刻记载，该寺院始建于宋，建成于元，兴盛于明。全寺原有一坊一阁二廊二塔，我们看到的，仅剩前殿而已。据说民国时，后殿还在，1950年，国民党第八路军俘虏被关在后殿，天气寒冷，俘虏们烤火，不慎烧毁。幸存的大殿建于元代元贞年间（1295～1296），至今已有六百九十多年。新中国成立后，这里用作县委党校所在地，现在机关也已撤出，相关建筑正在恢复。

在中国的历史上，儒、佛、道交融的中心一直是在北方，而云南，作为少数民族聚居地，直到元代，才被正式纳入中国版图。之前，汉文化的影响力是非常薄弱的。自元代开始建设在建水境内的大型文庙以及一系列庙宇寺院，明确地标志了中华文化文脉的向南延伸，是民族融合团结的有力佐证。

北宋时期，福建人游酢、杨时曾"立雪程门"，拜师于二程。他们学成南归时，其师程颢意味深长地说："吾道南矣！"意思是自己的学问、学术主张，将由弟子带到南方发扬光大了。这次在云南，张勇、傅宇斌都不约而同地说到这一学术史上著名典故，表示薪火相传不忘师恩。其实我想，所谓"吾道"，不是专指哪一个人的学问，它应该是一个更加广阔的概念，甚至涵盖所有的中华文化。而传播中华文化，把先进的学术理念、前沿的学术成果，推广到祖国的边陲，越来越多像张勇、刘湘兰、傅宇斌这样年轻的学者正在辛勤努力，他们的努力也正在开花结果，他们为南北文化一齐腾飞奉献自己的智慧和汗水。而且今天的"吾道南"的"南"，也不只是局限于祖国南疆了，让中华文化走出国门，走得更远，让古老的汉文化在人类活动中焕发青春，发挥更大的作用，已成为时代发展的必需，很多人为此辛勤地学习、工作，即如红河学院的老师和留学生们。

2016-5-20

历史的一小步

2013 年 1 月 15 日至 29 日，我到台湾旅游，外子时在台湾东华大学客座，时值寒假，正好结伴而行。

花　　莲

在花莲游览时，就住在台湾东华大学的临时寓所。在写字台上，我看到了一本《台静农传》。

读过鲁迅的人，没有不知道台静农的。他是受鲁迅深刻影响的乡土小说作家，是新文学运动的斗士。1925 年时他和同乡同学韦素园、韦丛芜、李霁野等，在鲁迅的鼓励下，成立了文学社团未名社，着力从事乡土小说创作，写出了《天二哥》《红灯》《新坟》《弃婴》等作品，发表在《莽原》《未名》等进步刊物上。先后结集出版了《地之子》《建塔者》，在新文学史乡土小说界，享有很高的声誉。香港作家刘以鬯曾评价说：
"20 年代，中国小说家能够将旧社会的病态这样深刻地描绘出
来，鲁迅之外，台静农是最成功的一位。"鲁迅对台静农的作品
也颇为激赏。在他主持编选的《中国新文学大系·小说二集》
中，收入台静农小说四篇，是和鲁迅自己同等数量的、入选作
品最多的作家。同时，鲁迅还在序言中高度评价了台静农，他
说："要在他的作品里面吸取'伟大的欢欣'，诚然是不容易
的，但他却贡献了文艺；而且在争写恋爱的悲欢，都会的明暗
的那时候，能将乡间的死生，泥土的气息，移到纸上的，也没
有更多、更勤于这作者的了。"因为思想"左倾"，作品揭露力
度大，台静农先后三次被捕。

　　同鲁迅关系密切的人，像冯雪峰、成仿吾、许寿裳、唐弢、
李霁野、李何林等，以及如梁实秋、林语堂、周作人等，在鲁
迅作为文化旗手时，他们的行止、归宿，很为大家熟知。但台
静农就不是。如果不是偶然间看到这本传记，我真的不知道他
的"下落"，及至得知他安安静静地做了 20 年台湾大学的中文
系主任，最后老死孤岛，更是惊讶得不得了。

　　1946 年，把台静农 88 岁的人生，生生隔成了两半。应好
友许寿裳邀请，台静农从四川来到台湾，到台大中文系任教。
在许寿裳不明不白罹难、乔大壮忧愤自沉，这前后两位系主任
辞世的情况下，台静农临危受命，主掌台大中文系，一做就是

20 年。在台大学生的眼里，台先生是个知识渊博、性情温和、不谈政治、只做学问的古代文学教授。20 多年前，台静农的学生蒋勋远赴欧洲读书，在鲁迅的杂文、札记、书信里陆陆续续读到"台静农"三个字，才知道"原来先生也写过小说"！让所有人不明白的是，为什么台静农那"汪洋般的激情、直白的呐喊、知识分子关注现实的前进姿态"，在之后的 44 年里"戛然而止"；连同作家的身份，也在文坛上永久地消失了。

台静农在台湾的住处命名"歇脚庵"，他说："身为北方人，于海上气候，往往感到不适宜，有时烦躁，不能自已……抗战以来，到处为家，暂时居处，便有歇脚之感。"但是这一歇，就是 40 多年。1988 年聂华苓回台探访，谈了很多大陆文坛现状，台静农很高兴。当她问道"台先生想要回老家看看吗"，台静农摇摇头："走不动了！"台静农自己在诗里写道："老去空余渡海心，蹉跎一世更何云。无穷天地无穷感，坐对斜阳看浮云。"1989 年，台静农被确诊为食道癌，在卧病中，他对着电话大声对老朋友启功喊："你快来看我吧，再不来，就看不到了！"台静农曾在一篇序言中写道："无根的异乡人，都忘不了自家的泥土……中国人有句老话'叶落归根'，今世的落叶，只有随风飘到哪里便是哪里了。"

1990 年 11 月 9 日，台静农在台大医院溘然长眠，终年 88 岁。

读完《台静农传》，心情抑郁得一塌糊涂。

绿　岛

有一首美丽的歌叫《绿岛小夜曲》，那歌词说："这绿岛像一只船，在月夜里摇呀摇。姑娘哟，你也在我的心海里飘呀飘。让我的歌声随那微风，吹开了你的窗帘。让我的衷情随那流水，不断地向你倾诉。椰子树的长影，掩不住我的情意；明媚的月光，更照亮了我的心。这绿岛的夜已经这样沉静，姑娘哟，你为什么还是默默无语？"这首歌很流行了一段时间，到现在也还被很多人喜欢。相信绿岛曾引起不知多少人的遐想，单单是这名字，相信也会。我并不知道绿岛在台湾，这次外子说到绿岛去，并且已经预订了车票和旅馆，着实让我惊喜。早上六点多，从花莲的志学车站乘火车，八点多到台东，有预约的出租车载往富冈渔港，船票也是预订的，海上航程约五十分钟。拿票时售票员提醒最好先吃晕船药，我是大脑前庭功能不好的，所以赶紧买了药服下去。海上风浪有些大，游船一会儿涌上浪尖，一会儿又狠狠地摔下波谷，倒没很晕，却心跳得厉害，恐惧得不行。直到药力发作，睡着了，方好。游船靠岸，林先生已驾车在等候。绿岛有很多家庭旅馆，叫作民宿。我们这次到绿岛，事先订好的民宿是林妈妈开的，前来码头迎接的便是林妈妈的先生。

到了绿岛，方知道绿岛的风景点几乎都分布在环岛的公路沿线，转一周也只是一二十公里，所以到绿岛旅游的，差不多都是自驾游。在岛上租一辆单车或是摩托（台湾称为机车），沿着环岛公路转就行了。我们不敢驾摩托，每人要了一辆自行车。在我们吃完午饭，午休之后，两辆车已停在林妈妈院中了。因为准备在绿岛住一晚，第二天中午返回，便把在绿岛的行程分为两段，下午逆时针走，走到一半返回；次日上午再顺时针转，看另一半景致。虽然是一月份，南京尚在冰天雪地之中，绿岛的阳光却是热辣辣的，明亮得刺眼。但公路上几无行人，绿岛的旅游旺季是在夏天，游人是冲着潜水去的，现在显然不是时候。公路一边是崇山峻岭，一边是碧波无垠的大海，天地间只我们两人，真感到无边的自由。一路上经过了龟湾鼻、马蹄桥、大白沙、帆船鼻，便到了朝日温泉。朝日温泉位于绿岛南端，是个神奇的咸水温泉，这样的海水温泉，全世界只有两个，朝日温泉便是其中之一。到绿岛不来朝日温泉，如同过宝山空手而归，可惜了。我们是有备而来的。只是奇怪，泡温泉的，还是只有我们两人。问了守门人，知道当地人和游人都是半夜才来温泉，泡着、玩着，天就快亮了，然后太阳就出来了。是的了，怪不得叫朝日温泉呢！试想，置身在广袤的大海里，身心俱放松，头顶着满天星斗，然后看星星一颗颗渐渐退隐到天幕后面，看东方熹微，看朝日出海，也才在海水里沐浴过的太阳，说不出的新鲜，有生气，这过程真够享受的。但我们俩没这胆量深夜在山路上放马驰将过来。不过现在这样无人喧嚷，挺清静的，也很好。海水有40度，微微有些烫，被热气蒸熏得发烫的脸庞，经海风轻抚，挺惬意的。只是洗完温泉后沐浴的水温太低，大约南方人习惯冲凉，而我们就不行了。果然，夜里便感到喉咙痛。天明到对面一家药房买药。药房也是私人开的。老板问明情况，拿出一板喉片和塑料袋包装的消炎药，药是几种配好装成一袋的，分几袋，很方便服用。一共是两天的用量。然后又用纸杯倒了温开水，拿出一次需要服的药，让我当时吃下去。这种拿药的情形也是久违了，一般到医院，总会大包小包提上很多药，一次生病是用不完的，更不会几种药数量完全匹配，一粒也不浪费。

绿岛的另一边主要是人文景观，林先生说有人权纪念公园和绿洲山庄什么的。我没有在意，以为就是普通的景点。及至到了跟前，我惊呆了。所谓绿洲山庄，其实是一座监狱。我本来只觉得绿岛是沧海碧波中的一颗璀璨的明珠，没有意识到，它孤悬海外、形势显要的特殊地理位置，还有另外的用途。绿岛以前是用来关押重犯、要犯的地方，那些杀人劫货的以及黑帮恶匪中冥顽不化、难以管教的，往往会被押至此地。国民党退到台湾以后，改建成关押政治犯的监狱。在长达40年的白色恐怖时期，大约有七千受难者。其中我们比较熟知的《丑陋的中国人》的作者柏杨，从 1968 年至 1979 年在这儿服监，他的房间在山庄的第二区。白色恐怖结束后，在临近山庄处，建立了人权纪念公园。公园里有一座天然礁石，形似一位母亲怀抱婴儿。因此人权纪念碑上刻着这样的字：在那个时代，有多少母亲，为她们囚禁在这个岛上的孩子长夜哭泣。

从此，我知道了，绿岛并非只有小夜曲。

台　北

台湾清华大学朱晓海教授是个有心人。因为两岸学术交流比较多，朱教授和外子早已相识进而成为好朋友了。我还没到台湾时，他就打电话，要在台北给外子祝寿，顺便给我接风。台湾清华在新竹，台湾东华大学在花莲，晓海教授腰腿不便，还需要学生开车接送，学生在台湾"中央大学"，在中坜。为一顿饭兴师动众的，且又是为了祝寿，外子便诚惶诚恐地推托，一是太麻烦，二是离那个所谓的"寿"还差两年呢，晓海教授一副门儿清地说，本着"过虚不过实、过九不过十"的风俗，就该现在。

宴席开在一家老字号，出席的客人除了我们一家三口，还有两位年龄稍长，也是研究传统学问的比较熟悉的教授：王次澄和王文进。两位都姓王，但是性别不同。其余便都是晓海先生的得意门生了。晓海先生虽说来过南京多次，我也久闻其名，但今天是第一次见到。和我想象中不一样的是，西装革履的晓海先生，蓄长发，拿手杖（我后来知道他腰不好），嗓门洪亮，豪爽得像绿林好汉。又极风趣，和学生关系极融洽，他的第一个博士郭永吉被戏称为"太子"，而向他请教学问的女博士王学玲等则被叫作"长公主"。他笑说学生现在不听他的话了，谑称自己是大行皇帝。晓海先生是很有个性的教授，抽烟抽得很凶，学校规定不许在教室里抽，他上课想抽烟时，就一脚门里一脚门外，讲课时头伸进教室，抽烟时头再伸出去。为了抑制烟瘾，学生便给他买水果，所以朱老师上课，讲台上除了粉笔外，还有一盘水果，搞得不明就里的老师还有意见。据说朱老师对学生是很严格的，甚至是严厉，"长公主"说以前到老师家谈论文时都战战兢兢的，每次都不敢一人前往，总是带着女伴壮胆。晓海先生的解释也很有趣，他那意思就像《红楼梦》里惜春说的，我一清清白白的人，不能莫名其妙地把名声搞坏了。附带说一下，晓海老师是单身。但学生都尊敬朱老师，愿意被他骂，被他训。因为朱老师教学生实在是认真的，算得上是呕心沥血，所以被骂过之后，还跟老师亲得很。但晓海教授和女王教授说话，又是一番情形了。女王教授闺名王次澄，出身名门，一派大家闺秀的模样，文质彬彬，温文尔雅，即便是现在这样的年龄，仍旧淑女范儿十足。尽管朱、王二位父辈都是大陆人，他们却都是在台湾出生的。听他们满口的"太夫人""家兄"什么的，我倒像穿越了一般，像看民国以前电视剧似的。我辈生在新中国，长在红旗下，一出生接受的都是"现代汉语"，偶尔在舞台上听到这样的词语，都觉得很历史了，没想到在台湾看到生活版的了。

生日宴会年年都有，老人的，小孩的，自己的。小时候家里给过生日会吃鸡蛋面，后来给小孩儿过生日会买蛋糕，现在基本上是两结合，长寿面也吃，蛋糕也吃，基本上蛋糕成了主角，去贺别人生日，也会买个蛋糕。台湾的庆生不同，服务员先是端来一大盘面做的寿桃，红艳艳的非常喜庆，后来又每人一碗长寿面，那面也是有讲究的，每碗一团，一团是一整根，取长久的意思。

南　投

王学玲是朱晓海教授的学生，即是那位"长公主"，现在台湾暨南国际大学中文系任教。我和外子的这一次行程，大部分是晓海教授安排的，其中包括南投的日月潭、桃园的慈湖，还有鹿港，等等。因为台湾暨南国际大学就在日月潭边上，所以这一段行程是王学玲负责接待的。学玲是台北生台北长的姑娘，到南投来工作，离家有些远了。当初到暨南大学工作时，学玲是很有些踌躇的。学玲老是说，我是台北姑娘诶！说的也是。设如一个北京、上海的姑娘，让她到一个小城市栖身，她可能会不很情愿的。我只是一个旅游者，对台北和南投有多大差别，体会不出，看到暨南大学美不胜收的校园，觉得在暨大很好啊！暨大坐落在山间，海拔略高于周遭，早上云遮雾绕，房屋、树木、花啊草的，蒙上轻纱似的，自有一种朦胧奇幻的美妙，让人流连忘返，不想挪步。尤其是地处南投，占尽山川地形之胜，校园不光美，而且大。因为刚从东华大学来，所以把东华同暨大比较。东华校园也是极大的。东华的人说，校园里除草的工人，一年到头不得清闲，从东边锄到西边，西边刚完，东边的草又长起来了。草地非常开阔，草里有各种虫子，蜗牛大得像拳头。也有很多鸟在草里觅食，甚至有锦鸡。更有流浪狗在草坪上懒懒地或坐，或卧，或散步。流浪狗是我的叫法，在东华它们的名字很雅，叫"校园文化犬"。这些校园文化犬是经常进教室听课的。一教室学生端坐，狗也选个地方趴下来，老师在讲台上抑扬顿挫，氛围很好。没有哪只犬会在课堂上像《牡丹亭》里的春香那样闹学，那样做是很跌份儿的。问起两个学校哪个更大，王学玲说，说哪一个大的都有。看来在伯仲之间。东华校园平坦开阔，视觉上很大；可是暨大高低错落，山上山下的绕起来，比东华更觉大。这么美的地方，待一辈子又何妨？学玲说，其实她早已爱上这个地方了。

学玲原籍安徽。父亲出生在皖北，被"拉伕"到台湾，走时已经成家。海峡阻隔几十年，音讯不通，后来在台湾又重新组成家庭。在台湾初期，想必生活并不很容易。学玲说，她母亲去世时，父亲对母亲深情地说，谢谢你，给了我一个家。学玲母亲是台湾当地人，当初要嫁给一个没有产业的外乡人，家人是不同意的。所以父亲对母亲一直是心怀感恩的。两岸通航以后，学玲父亲带领一家老小返乡探亲，前妻还健在，并没有再嫁。老先生不消说是百感交集的，心中五味杂陈。但一个是结发夫妻，新婚别离，又苦守到白头；另一个在艰难困苦之中收留了他，且给他生儿育女，陪伴他走了大半辈子，他的愧疚、感激，都无法尽情表达。学玲生母去世以后，父亲又带她回老家一次。这次老先生说了很多，老太太始终不语。临到告别时，老太太把手一挥，说，都过去了！学玲说，那一刻她都震撼了！我听学玲时隔多年后的讲述，仍止不住地震撼。从新嫁娘到白发婆婆，这几十年的岁月，其间有多少次盼望，就有多少次绝望。那些像树叶一样稠密得数不清的日子，在老太太一挥手间，都化作了历史。历史这不经意的一小步，是多少人天翻地覆的命运哪！

鹿　港

鹿港位于彰化县西北，是个极具历史厚重感的小镇。关于鹿港名字的由来，历来有三种说法：一是台中原来有很多鹿群，它们经常聚集在这儿的海口；第二种说法是，这儿的地形像头鹿；还有一种说法，也是采用最多的，在荷兰统治台湾时代，这里是鹿皮最大的输出港，当时鹿的买卖非常兴隆，因而此地商贾云集。鹿港在台湾历史上是很兴盛过一段时间的。清乾隆至道光时期，鹿港是对渡口岸，与台湾南部的安平，同为台湾对大陆联系的重要门户。鹿港曾经与台湾的府治（今台南市）、台北的艋岬并称"一府二鹿三艋岬"，可见其兴盛。可惜因为溪水泛滥，港道淤塞，鹿港成了废港，日渐衰落下来。

晓海教授最宠爱的高足李宜学的老家，就在鹿港。九·二一南投大地震后，方才搬离。为了我们来鹿港，宜学特地从他任教的大学赶回来，陪我们把小镇里里外外游了个遍。要说深度游，没有比这次游鹿港再深入的了。这里的每一处民居、每一间门面，小李都如数家珍。它们的主人，有的是宜学的邻居，有的是他的亲属，于是这些古迹、景观，甚至是一些传说，让我们也平添了亲切感，好像距离一下就拉近了。记得在台北时，晓海教授曾问我们，到台湾和到香港感觉有什么不同。这一问倒提醒我们比较一下，真的，到台湾没有任何隔阂、障碍，没有任何疏离感，连语言、食物都很熟悉；香港则多多少少还存有殖民痕迹，包括心态。两处相比，认同度不同是最大的区别。

鹿港的特色是美食多，庙宇多。美食连摊成片，琳琅满目，吃不用说了，也绝对是视觉的盛筵。庙宇也多。南京佛事盛时，杜牧说"南朝四百八十寺，多少楼台烟雨中"。到台湾的感觉是，不论何处，最辉煌的建筑，就是寺庙。不光华丽，而且多。就像建制烦琐的行政机构，府有府衙，县有县治，村有村委会，街道还有办事处。很多也说不上是庙宇，因为没有和尚之类，更多的是供奉一些神明。台湾人绝对是泛神论者，什么都有人信。往往好好的路上，一块其貌不扬的石头横在路旁，说是"泰山石敢当"，好像就可以避邪了。我在鹿港还闹了个笑话。鹿港做神器、卖神器的地方很多。所谓神器，就是供奉的神像、祭祀的用品之类。在路旁我看到一个招牌，写着"神桌"。神桌是专门用来摆放神像和贡品的，家家都有。台湾的招牌写得也比较乱，有的从左往右，有的又倒过来。我因为不熟悉，不知从哪头念，就读作"桌神"，后来李宜学告诉我，是"神桌"。我兀自好笑，可不是，哪里有什么"桌神"！桌子都有神灵了，那得有多少神啊！李宜学说桌神是有的，不光桌子有，什么都有。有那小孩好哭不肯睡觉的，拜一拜床神就好了。这一说我想起来了，我们每到一座庙宇，我和外子扬长而入，李宜学都要双手合十上下摆动的。也听王学玲说过，她做系主任时，有一段时间系里诸事不顺，她也去许过愿的。她去许愿也很方便，暨南大学校园里就有座小庙。这座小庙在校园里不起眼的后山上。新竹的交通大学校门对面就紧挨着小庙，据说考试时庙里香火很盛。学生考完试，心里没有底的，老师说，你要实在担心，就去拜一拜吧。我是无神论者，所以对这些从事高科技研究的人不很理解。我们在新竹的那天，就在交大门口，看到一辆卡车搭的戏台，正在放着音乐，据说是"酬神"的。临近农历新年，神也辛苦了一年，也要慰劳慰劳。酬神的一般形式是演戏给它们看，多数演布袋戏，时间在晚上。但是一早车就开到庙前了，先放音乐是为了暖场吧。

在鹿港，我们还参观了鹿港民俗文物馆。民俗文物馆一面是洋楼，一面是古风楼，洋楼宏伟瑰丽，意境幽雅；古风楼则表现为传统的闽南建筑风貌，庭院深深，古趣盎然。馆中展出了大量的文献图片、服装配饰、戏曲乐器、宗教器物、图书文献等展品，可以从中了解到鹿港的古迹风俗、清末民初富贵人家的穿戴、先民的生活及娱乐、宗教与鹿港的深厚关系，更可以透过展出的清代殿试策的试卷、诏书、乾隆皇帝的御笔、先贤的墨宝和诗作，看到中华文化的源远流长。值得一提的是，这个民俗文物馆的展室，是台海基金会原会长辜振甫先生祖宅。辜氏兄弟都搬到台北居住了，这一片家业包括土地、房屋、家具、器皿及收藏都无偿地捐献给了自己的家乡。辜老先生不光是贡献了祖屋家产，更大的贡献是为两岸沟通做出了辛勤持久的努力。没有他，王学玲父母的夫妻相见，台湾老兵的探亲还乡，甚至是像我们这些游人踏上宝岛这块土地，可能都会推迟若干时日。念此，深深感激。

新竹·慈湖

陪同我们到慈湖游览的是郭永吉，他也出身晓海教授门下，被他的同门戏称为"太子"，是台湾清华的"三清团"（本科、硕士、博士都在清华就读）。我们从新竹出发前往慈湖，早上顺便看了新竹的两所学校——清华、交大。两所学校"门当户对"，只隔着一条清华人叫"清交"、交大人称"交清"的小道。清华、交大每年的运动会被称为"梅竹赛"，因为清华的标志是梅花，而交大的是竹子。不消说，各校的学生都以各校为荣，就连狗，也各守着自己的地盘，不越雷池半步。清华的狗脖子上套着蓝项圈，交大的狗项圈是红的。曾经多年盘踞在交大的鹅，游到了清华的湖里，让清华的学子兴奋无比，津津乐道。清华所以看重梅花，是为了纪念首任校长梅贻琦先生。梅校长逝世以后就葬在清华园，蒋介石亲自题写了墓碑，曰"勋昭作育"，以表彰这位伟大的教育家。我们在梅先生墓前鞠了躬，以表达对先贤的敬慕之情。同样，在位于外双溪的台湾东吴大学钱穆故居纪念馆，我们也同样致以我们的敬意。留在台湾的文化名人很多，还有胡适、林语堂、梁实秋等等。这些为中华民族的文化、教育事业增光添彩的人，无论在哪儿，都是人类的骄傲，都值得后人奉以诚挚的敬意。

慈湖是蒋氏父子灵柩暂厝的地方。蒋介石生前觉得这个地方像极了老家奉化溪口，希望自己以后在回大陆安葬之前，能栖息在此处。因为溪口也是蒋母墓地所在，蒋介石把此处更名为"慈湖"。到慈湖已近上午11点，游人都迅速地向一个四合院云集。原来这儿便是安放蒋氏父子灵柩的地方，整点会有护卫队的礼仪交接。礼仪交接十分庄严，极具仪式感。同样的仪式，在台北中正纪念堂也有。现在已经成了颇受游客欢迎的旅游节目，多少带有表演性质了。慈湖的广场上有很多蒋介石的塑像，各个时期的各种姿态、各种着装，大小不一，但应有尽有，数不胜数。本来是很肃穆的事，变得有些滑稽了。如今这些当年遍布城乡大街小巷的塑像，很不合时宜了，于是被集中摆放在这里。对于蒋介石，我们的感情比较复杂，两岸人的感受、态度也不尽相同。我注意到一个细节，我们说到蒋介石，总是习惯直呼其名——蒋介石，而郭永吉则礼貌地称"中正先生"。

时令已是阴历腊月了，天很暖，阳光和煦。郭永吉回忆小时候，说那时总是那么冷。永吉家居云林，在台湾中部，怎么会冷呢？我想了想，是了，毕竟当时的台湾还有很多穷人，缺衣少食，冬天还是难熬的。如今，不管怎么说，时代进步了，人民富裕了，这，终归是好事！

2013-8-28

错误的遇见

我发誓，2018 年 8 月 2 号札幌的那次遇见绝对是偶然。

那天我们随旅游团去富良野，回来的时候已经暮色四合华灯初上。走回酒店的路上准备找个地方把晚饭解决掉，再到便利店买些明天早上的食物。还没来得及做，就见路上有交警模样的人拿着一些红色路标把一个街区的路段封了起来，当然，只是封了车道，人行道照样通行。本来我们走过去也就走过去了，毕竟这个地方发生什么都与我们无关。可是又看到路边有疑似媒体人，挺多的，或踩在矮梯子上，或占据路边有利地形，手中一律是比我的手机高端的摄像装备，跃跃然蓄势待发。我的好奇心让我敏感了一回，预感有什么重要的事情即将发生，于是脚就迈不开了，也选取一个便于站便于看的位置，拿出手机，调到视频状态，欣欣然跃如也。

路中心还没什么动静，但路边人多起来了，除了一眼见出是行人外，当地人参与进来了，尤其是来了一些穿正规和服的男女，这有些意思了。但让我想不太明白的是，身穿和服的女人里面，有面敷厚厚白粉、我以前在电影里见过的艺伎模样的人。来日本二十多天，还没见有人郑重其事地穿和服，因为天热，一般都是穿改良了的浴衣。男人更少见，在东京浅草寺见过一对恋人穿了，但那好像是情侣装，带有炫的意味，是两回事。脸上夸张地画成这样，感觉已不太像人了，我反正见了心中有一种怪诞的恐惧。

观众越聚越多，路两旁已成合围的态势，将要发生的什么事，还不见端倪，我其实有点着急了，又不想放弃，安慰自己说，再等一等，可能马上就见分晓了。尤其是，这么多人，不是都在等吗，大不了我和他们一起白等，上当的又不是我一人。这样一想，便坦然许多。

路上终于来了一些人，穿着都比较怪异，可能是表演服装吧，我这样想。这些人过来过去，在马路中间来回穿梭，像是联系沟通什么，也像正式演出前的一些准备，一般演出或是录制节目，照例是要先忙乱一番的。走来一位老者，上衣下裙，外罩深蓝半长外套，腰间是和服必有的宽带，这是男人很正规的和服。但除此之外，老者胸前垂下一白色绣球，庄严，肃穆，神情俨然。我以为演出开始了，忙打开视频。他施施然地走过去了。想来这人是一领导，且是属于有威望的那种。继续等。

　　远远地过来队伍了，黑压压的，有些规模，走走停停，终于又停住了。然后就有几个打灯笼的男人、和服盛装女人试着走走步伐，乐器试几个音符，有几次都像开始了，终于没有下文。他们在等什么呢？观众、记者、维持秩序的警察，该来的都来了呀，而且他们也早都准备好了。我的肚子还饿着呢。便忍不住看了下时间，差几分钟就8点了。我忽然意识到，他们在等一个吉祥的时间。果然，8点一到，乐器便响了起来，"表演"开始。

　　走在最前面的是一个绿衣男人，腰间镶两道宽寸许的白边，束腰，黑长裤，黑袜，白色人字拖，手拿垂着丝绦的响板，敲一下，左脚向左前方迈一大步，右脚跟上；再敲一下，右脚向右前方迈一大步，左脚跟上。如此交替前行。隔着10米左右，出第二个人。其装束动作同前，只是衣服颜色是蓝的。又间隔十来米，是一对拿灯笼的，右边男人手中是大的灯笼，左边女人提的是小的灯笼。这女人身后跟着的仍是提小灯笼的人，但队伍变成三人，左边的两个男人手中换成了类似中国民间演出莲花落子拿的金钱棍，随着节奏，手一抖，便发出响声。所有这些人服装皆为浅蓝色。然后队伍复变为两人一排，依次是：左面提灯笼男人，右面一盛装艺伎；两位红装艺伎；两个和服小女孩。除提灯笼的女人外（我怀疑提灯笼的都应该是男人，所以女扮男装，是因人手不够），其他女人和女孩均是碎碎的细步，节奏一律舒缓。然后到了高潮部分，两个提灯笼的男人护卫着一位装饰极其华丽繁复的女人，也是艺伎装扮，与众不同的是，除了服装华贵以外，最显眼的就是那双鞋子：黑色，宽厚，约十几厘米高，是特制的木屐。女人玲珑的脚踝似乎承受不起，所以身边另有一绿衣绿帽男人，让女人扶其肩膀前行。女人的步法与前所有"八"字走法的人不同，少了孔武，尽是妩媚，出脚时不是伸，而是划，几乎是画圆，只是落点微微向前了一些。脚带着木屐滑动时，女人伶俜白皙的脚踝几乎可以忽略不计，那黑色木屐似乎自己在移动，诡异而魅惑，女人也越发幽灵一般缥缈，不似凡间尤物了。结尾殿后的是两个男人一把大伞，伞在前一个男人右肩斜后高擎着，却似乎没有用到手，后一个男人紧跟着，两手也是空着，不知伞是怎样架起来的。如此，一段完整的队伍就结束了，后面接着的是完全相同的另一段，有点周而复始似的。队伍行进的速度非常缓慢，我看的时候，脑子里不自觉就浮现出《红楼梦》中元春省亲的场面：

　　半日静悄悄的。忽见一对红衣太监骑马缓缓的走来，至西街门下了马，将马赶出围幔之外，便垂手面西站住。半日又是一对，亦是如此。少时便来了十来对，方闻得隐隐细乐之声。一对对龙旌凤翣，雉羽夔

头，又有销金提炉焚着御香；然后一把曲柄七凤黄金
伞过来，便是冠袍带履。又有值事太监捧着香珠、绣
帕、漱盂、拂尘等类。一队队过完，后面方是八个太
监抬着一顶金顶金黄绣凤版舆，缓缓行来……

　　猜不出是什么活动，有交警维持秩序，有媒体跟踪报道，
还有女声同步解说，中心人物出现时，群情激昂，掌声雷动。
尤其是，表演开始前，还赶来了几位西装革履颇像场面上的男
人，匆匆换上特制和服加入活动中。表演者服装和灯笼上写有
鲜明的"北祭会"三个大字，想来可能是北海道的什么祭祀活
动吧。平生第一次看到，以往无论什么地方、什么形式的类似
表演都没见过，我心中比较激动，真是喜出望外的收获，可遇
不可求的呀。

　　几天之后，遇到浅见洋二教授，我便拿出视频向他请教，
他说，这是红灯区呀，说得我心中一顿。看了一会视频，浅见
教授说："我知道了，以前在东京见过，是红灯区艺伎的祭祀活
动，中间那个女人是妓女中最高级别的，有个专门的名字，叫
什么……"我立刻败了兴致，饿着肚子等了半天看到的是这玩
意！于是意兴阑珊地接道，是花魁吗？"对，就是花魁，日本现
在还有这个称呼。""你拍的这个太珍贵了，现在很难看到了。"
浅见老师又说。

我就纳了闷了：一个妓女，嘚瑟什么？还有组织，还有团体，还大张旗鼓地搞活动！自己闹闹也就罢了，自娱自乐。还有媒体报道。媒体是专门报道人咬狗的，没有他们就没有花边新闻，也就罢了。警察还跟着忽悠，竟然封了一条街。还有公职人员参与。我看那几个西装革履就像是。真真是看不懂了。

我想，这是我在一个错误的地方的错误遇见。

可我还是很激动，这是难得一见的风土人情，火星撞地球呀。

2018-8-10

为霞满天 —— 代后记

今年3月1日，我带孙女安安去南昌。在开往南昌的高铁上，接到安徽文艺出版社编辑的电话，她说出版社拟从已出版的反响不错的书里选择一些重新编辑出版，她选中了我的《闲数落花》，因为报选题很急，希望我尽快给个书名。高铁风驰电掣，安安在我身旁不安分地闹着，我的心静不下来，急切之中，大脑像我的身体一样，跟列车同频共振，相对静止了。

安安妈妈把安安交给我时说，为了去南昌，临时给安安加了小课。去南昌，滕王阁自是要看的，滕王阁之所以闻名遐迩、深入人心，王勃的《滕王阁序》出了大力。王勃的《滕王阁序》很好看却难背。好在安安妈妈聪明，删其繁择其要，把最经典、传播最广的两句教给了安安，于是安安骄傲地念道："落霞与孤鹜齐飞，秋水共长天一色。"安安才三岁多，她只知道她在背诗,这两句诗的意境她怎么会明白?但这不妨碍我对这两句的欣赏与喜欢。那就是一幅唯美的图画呀:秋天,天空比任何季节都高都远,江水比任何时候都清都亮,鲜衣怒马正值青春的诗人,此刻站在滕王阁上,他把头伸出窗外,俯瞰浩淼的赣江,江水逶迤而来,透澈如练;他抬起头来,仰望广袤的天野,天空横无际涯,空明澄碧;目力极尽处,水天相接,天水合一,究竟哪是水哪是天,傻傻地分不清。一时间,世界像静止了,"那么静,那么静,连风都听不到"。但是,夕照余晖,散霞成绮,把西边的天空染得热烈、彤红。恰在此时,一只水鸟从江中跃起,通身裹着彩霞,它扇动着长长的翅膀,精灵一般上下翻飞舞动。这美丽的鸟儿给这空明静寂的世界注入了活力,带来了无限生机。那一刻,我猜诗人一定感动极了,于是,他把眼中所见、心中所感,化成了千古不朽的绚烂诗句:"落霞与孤鹜齐飞,秋水共长天一色!"

列车飞驰,安安一刻也闲不下来,不停地要求讲故事,一个接一个,不许停顿。我给她吃东西,希望开启她嘴巴的运动模式,以换取我嘴巴的关闭。但是没有效果,她要一边吃东西一边听故事,结果是两张嘴巴都停不下来。

我心中是有事的,编辑给我的任务还没完成呢。听手机不停地响,心里很急,于是抽空就打开看一眼。编辑把她选的篇目发来了,那些写于十年前的文章,熟悉又陌生,像久违的故人。这些故人啊！

至今还记得刚退休被延聘最初的那段时光，真是快乐啊！一下从繁重的工作中解脱出来，从烦人的人事网中抽身出来，没有大的责任，没有利益相争，轻松，清净，心情好得不得了，看到什么都开心。那段时间写了不少文字，不由自主的，快乐好像要从字缝里溢出来，掩饰不住。《池塘》《也算闲情偶寄》《柳絮柳絮满天飞》就是这样。愉快的事情固然使人愉悦，比如《"鬼子"进村》；令人不那么舒服的事情，也不影响心情，照样开心。2016 年的夏天，雨多，气温也高，可是《一片冰心在玉壶》里没有厌烦，只有快乐的调侃。

曾经有一段时间，大约是央视的《舌尖上的中国》唤醒了中国人的味蕾，不少写美食的文章雨后春笋般噌噌噌地往外冒。重喜老师也搞了个"南雍食事"，他邀我写点关于美食的。这恰恰是我的短板。我觉得，会吃会做又会写的人是极品，很难得的，像汪曾祺那样。不能做但会吃会写的人是上品，周作人梁实秋们庶几可以归入这一类。有些人光是会吃，其实会吃也不简单，那个"会"字也是不容易做到的。绝大部分人是能吃，喜欢吃，这就是芸芸众生了。可怜我还要等而下之：不会做是不消说的了，吃也没有热情。常在办公室或餐桌上听同事讨论某种菜的做法，兴致盎然，我连话都插不上。更佩服那些能说出某个菜在哪里吃过、某菜馆有哪些菜品的人，好像大脑里有一张美食地图。而令人沮丧的是，这样的人好像还不少。这些长处我一无所有，我在美食方面的知识贫乏得很，体验不多，体会更不深。但好在我也有几样喜欢吃的，尽管不能登大雅之堂，却是连着我的记忆我的故事，于是有了《我的"舌尖上"》一组文字。

大约是 2016 年或 2017 年的时候，文学院"两古"专业编一套《国学文选》，巩本栋和闵丰共同主持的那一部分主题是"家国"。我看本栋实在忙得厉害，就自告奋勇，说："我帮你写。"但我这人天生怕困难，一看搞起来挺麻烦，自动就打退堂鼓了。但选的一些文章我都看了，诸如《范滂传》《张中丞传后序》《五岳祠盟记》等等，一看，还看得血脉偾张的，于是正事我没干，却衍生出我自己的副产品。《从前有个范滂……》《南宋，想说爱你不容易》，还有当时想写却没写、后来到底又写出来的《英雄未被雨打风吹去》，都是。这几篇，在我的文章中是比较特殊的，与我一向的写身边小事、抒一己之情不同的是，有了些家国情怀。好几年过去了，当日的感动、激动，一看到这些篇目，仿佛又感受到了。

今年 9 月，我又去了一次云南，仍旧到了蒙自，除了再次吃很多过桥米线，我也仍旧对西南联大兴趣很浓。由张勇带领，我们参观了南湖边上的蒙自海关旧址。1883 年中法战争之后，清政府和法国人签订了一系列不平等条约，其中包括开放云南蒙自为中越边界上的通商口岸，于是1887年设立了蒙自海关。10年以后，又在海关内正式成立云南第一个邮政局——蒙自大清邮政总局。随着清政府的覆亡，海关、邮政局云云，也成了过去式，它们的所在地就变成了旧址。1938年4月，西南联大在蒙自成立了"西南联合大学蒙自分校"，选中了这里作为学生上课的教室。如今这处建筑挂了三块牌子：蒙自海关旧址、蒙自大清邮政总局旧址、西南联大蒙自分校教室旧址。我们之所以到这个地方，当然还是为了西南联大。

逝者如斯！日子过得惊人地快。很多生命、很多故事已成过往，或正要成为过往。如同日月星辰东升西落，大自然要这么办，谁也无法改变。唐人李商隐的诗句"夕阳无限好，只是近黄昏"，充满了惆怅、留恋和无奈，隔着千年，那一声叹息仿佛仍穿越而来！但是，尽管夕阳西下，夕阳余晖仍旧美丽，所以刘禹锡说"莫道桑榆晚，为霞尚满天"。既然如此，就不要辜负，做一只快乐的鸟儿，与晚霞共舞。想到这儿，我忽然意识到，这不就是"落霞与孤鹜齐飞"吗？福至心灵，编辑给我的任务就算交代了，这本小书的名字，就叫《落霞与孤鹜齐飞》。

我这样想，第一，如我对编辑说的："我看选目基本两类，一是过往回忆，一是状态记述和思考认知性文字，因我在南昌，首先跳出来的是'落霞与孤鹜齐飞'的句子，我想'落霞'

'孤鹜'两个意象庶几可以表现。"第二，算是纪念江西之行。第三，于我比较有意义的是，这个书名的诞生，与安安有关。

　　今年的天气反常，气温高得离谱，且热的时间贼长。往常桂花飘香的季节，却是一点花讯也没有。网上很多人都说今年桂花不开了，念叨了好久。就在大家觉得无望的时候，不意一夜之间满世界都充满了桂花的香甜。这迟到的花香，是献给熬过苦夏的早秋的惊喜呢！

写于 2024 年冷露无声湿桂花时节